無職轉生

到了異世界就拿出真本事

②

理不尽な孫の手
Rifujin na Magonote

Kadokawa Fantastic Novels

菲利普
魯迪烏斯
艾莉絲
人物介紹

保羅
紹羅斯
塞妮絲
洛琪希

「天空的顏色逐漸改變？這是怎麼了？」
天空的顏色變了，而且是讓人不舒服的顏色。
紫色和褐色混合成大理石般的紋路……
「……」
基列奴一語不發地拿下眼罩。
眼罩下出現擁有濃綠色的眼睛。
原來她不是獨眼啊。
「那到底是什麼？」
「不知道，但這魔力實在駭人……！」

無職轉生 ②

到了異世界
就拿出真本事

理不尽な孫の手
Rifujin na Magonote

插畫：シロタカ

Kadokawa Fantastic Novels

無職轉生～到了異世界就拿出真本事～②

CONTENTS

第二章 少年期 家庭教師篇

「獲得自由羽翼的人，將會失去雙腳作為代價吧。」

——It is difficult for inoccupation to attach a leg to the ground and to work.

著：魯迪烏斯・格雷拉特

譯：金恩・RF・馬格特

第二章 少年期 家庭教師篇

序章

我在逃亡。
灌注全心全意，為了躲避一頭野獸。
胸中抱著恐怖感，聚精會神地逃亡。
我衝過樓梯，跑過中庭，有時還使用魔術爬上屋頂，連滾帶爬地奔逃。
「跑哪裡去了！」
那傢伙發出恐怖的聲音追殺著我。
永無止境，無止無休。
我對於自己的體力還算有自信。
畢竟我從兩～三年前起，就專注投入練跑和劍術至今。
然而，這種自信卻被徹底摧毀。
那傢伙彷彿是在嘲笑我的努力，甩著那一頭鮮紅色的長髮追趕我，中途毫無停歇。
而且也毫不放棄。無論拉開多少距離，在我鬆懈的那瞬間，就會確實縮短間隔。
「呼……呼……」

我已經呼吸困難。
沒辦法繼續跑下去，逃走成了不可能的任務。
所以只能躲藏，這是唯一的辦法。
「嗚……」
我躲進樓梯暗處的觀賞植物後方，這時野獸的大吼以響遍整個宅邸的音量傳了過來。
「我絕對不會放過你！」
聽到這句話，我的雙腳不斷發抖。

我叫魯迪烏斯．格雷拉特，七歲。
是個擁有一頭明亮茶髮的俊俏美少年，之前是個三十四歲無職處男的尼特族。
由於翹掉雙親的喪禮而被家人掃地出門，原本在失意的情況下被卡車撞飛而一命嗚呼，不過或許是遭到命運的戲弄吧？我帶著記憶轉生成了個嬰兒。
我反省生前根本是個人渣的自己，在這七年間一直努力認真過活。
我學習語言，鑽研魔術，修行劍術，和雙親保持良好關係，還有個名叫希露菲的可愛青梅竹馬。為了跟希露菲一起去學校念書，我聽從父親要求我賺取兩人份學費的吩咐，前往要塞都市羅亞。
只要我能確實教導僱主家的大小姐，滿五年後僱主就會付給我學費。

——原本是這樣。

「給我出來！我要把你磨成肉醬！」

我現在卻躲在觀賞用植物後面，因為野獸的嘶吼而顫抖。

畏懼那個擁有少女外表的暴力化身。

——為什麼會演變成這種狀況呢？

事情要回溯到短短一小時之前。

第一話「大小姐的暴力」

我們在黃昏時分到達羅亞。

布耶納村和羅亞之間似乎隔著搭乘馬車需要一天才能到達的距離。

換算成實際時間大概是六七個小時左右吧？要說遠是有點遠，但說近好像也算近。

羅亞這城鎮不愧是這附近規模最大的都市，充滿活力。

首先映入眼簾的是城牆。

大概有七～八公尺高，看起來很堅固的城牆包圍著整座城市。

城牆上的巨大城門周圍有馬車來來往往，進入城門後，可以看到整排的露天攤販。

在進入城鎮後沒多遠的位置，有好幾間類似馬廄和旅社的店家。

看到身穿鎧甲的人混在一般城鎮民眾和商人之間來來去去的光景，真的很有「奇幻」的感覺。

這時，我突然注意到有拿著大型行李的人們坐在類似候車亭的地方。

那是什麼呢？

「基列奴，妳知道那是什麼嗎？」

我向坐在自己正面的人物提問。

那是一位擁有野獸般耳朵和尾巴，在巧克力色的身軀上穿著暴露的皮革製服飾，身材高大且滿身肌肉的男子漢——錯了，是女劍士。

名字叫作基列奴・泰德魯帝亞。

她是劍技高超的劍士，擁有劍神流七階級從上數來第三位的「劍王」級地位。而且還已經講好到達接下來要前往的目的地後，她會教導我劍術。

對我來說，就是第二位師傅。

「……我說你。」

聽到我的提問，基列奴露出不高興的表情。

「是瞧不起我嗎？」

被她凶狠地一瞪，讓我嚇了一跳。

「不。我只是不知道那是什麼東西，所以想麻煩妳告訴我……」

「噢，抱歉，原來是這個意思嗎？」

看到我露出快哭了的表情，基列奴趕緊回答：

「那是公共馬車的候車處。一般來說要從一個城鎮移動到另一個城鎮時就會使用那種馬車，或是付給行商一些錢換取搭便車的機會。」

之後，基列奴指著一間間的店鋪，告訴我哪間是武器店，哪間是酒館，哪間是冒險者公會的支部，哪間是「那種」可疑的店。

雖然她看起來很可怕，但實際上卻很親切。

通過城鎮的一個角落後，周圍的氣氛變了。

路邊並排著武器店和防具店那類專門服務冒險者的店鋪，繼續往前之後，就換成像是針對城鎮居民的商店。

是不是巷子裡有民家呢？

規劃得很好。

當外側有敵人來襲時，首先由大門週邊的人們負責抵禦，城鎮的居民則可以趁這段期間逃到城鎮深處或是相反方向。

因為採用這種構造，當然再往前繼續深入之後，可以發現建築物愈來愈大間，以高級品為取向的商店也變多了。

在這城鎮，住得愈靠近中央就愈有錢。

而位於城鎮中心的是一棟最龐大的建築物。

「那就是領主的宅邸。」

「與其說是宅邸，更像是城堡呢。」

「因為這裡是要塞都市啊。」

在四百年前與魔族的戰爭中，羅亞發揮出作為最終防衛線的功能，是一座歷史相當悠久的城鎮。

所以，位於中央的似乎是城堡。

不過，也只有歷史悠久，對於住在王都的貴族們來說，這裡似乎只是有很多粗鄙冒險者的偏僻地方。

「不過，既然來到這裡，表示我要教導的大小姐身分相當高貴呢。」

「也不是那樣。」

基列奴搖了搖頭。

可是，領主的宅邸明明已經就在眼前。根據先前的理論，這附近應該只住著權貴人士吧？

……還是我錯了？意思是在這種邊境並沒有身分真的如此高貴的人？

「咦？」

我正這樣想，馬車夫卻在領主宅邸入口對門口警衛輕輕點頭。

然後就這樣進入宅邸的用地內。

「原來對象是領主的女兒啊。」

「不是。」

「不是嗎？」

「……有點不一樣。」

怎麼覺得這話別有含意，是怎麼回事呢……

馬車停下。

★　★　★

進入宅邸後，我們被管家帶往像是會客室的場所。

眼前有兩張並排的沙發。

對我來說，這是第一次的面試。

要慎重行事。

「請坐在那裡。」

我依言在沙發上坐下後，基列奴不發一語地退開，站到房間的角落。

那裡應該是能看到整個房間的位置吧？
如果是生前的世界，我大概會認為中二病發作真是辛苦了。
「大少爺很快就會回來，請兩位稍等。」
像是管家的人在看來高級的茶杯裡倒進類似紅茶的飲料後，就退到入口旁邊待機。
我喝了一口還冒著熱氣的那杯茶。
不難喝。雖然我不懂紅茶的好壞，但這一定很貴。
看對方打從一開始就沒有幫基列奴準備茶水的態度，只有我被當成客人看待嗎？
「人在哪裡！」
我正在思考這些事，房間外面卻響起伴隨著吼叫聲的粗魯腳步聲。
「是這裡嗎！」
一名虎背熊腰的男性以粗暴動作打開門並進入室內。
年齡大約是五十歲左右吧？暗褐色的頭髮裡雖然混著一些白髮，但看起來還給人一種年富力強的感覺。
我放下杯子站了起來，彎下腰深深低頭。
「初次見面，我叫魯迪烏斯．格雷拉特。」
男性不屑地哼了一聲。
「哼！連打招呼都不會嗎！」

「大老爺，魯迪烏斯公子不曾離開布耶納村，而且年紀尚輕，恐怕還沒有時間學習禮儀吧。些許的失禮表現還請……」

「你給我閉嘴！」

受到怒斥之後，管家不再說話。

既然這人是大老爺，代表他就是我的僱主嗎？

看起來相當生氣，是不是我的行為有哪裡不夠周到？

我已經盡可能帶著禮貌致意，大概是貴族有什麼特殊的規矩吧？

「哼！保羅居然連禮儀都沒教自己的兒子嗎！」

「聽說父親大人就是因為討厭拘謹的規矩才離開家中，所以或許是故意沒有教我。」

「立刻就找藉口！跟保羅一模一樣！」

「父親大人那麼喜歡找藉口嗎？」

「沒錯！只要開口就是在狡辯！尿床也找藉口！和別人打架也找藉口！偷懶沒上課也找藉口！」

真是想講什麼就講什麼呢。

「你這傢伙也一樣！如果有心學習，禮儀這點小事應該不困難吧！就是因為沒有努力，才會變成現在這樣！」

聽到他這麼說，的確有讓我感到認同的部分。

我只有專注在魔術和劍術上，不曾有心學習新的事物。

或許自己的視野已經變狹隘了。

應該要老實反省。

「您說得對，這是我自己的問題，真是非常抱歉。」

我低頭表示歉意後，大老爺使勁踏響地板。

「但是，沒有托詞自己就是沒學過，而是盡可能表現出最恭敬禮儀的態度值得肯定！我允許你留在這宅邸裡！」

雖然搞不太清楚狀況，但總之獲得了許可。

大老爺只說完這句話，接著就猛然轉身，大搖大擺地離開。

「剛剛那位是？」

我向管家提問。

「是菲托亞的領主，紹羅斯．伯雷亞斯．格雷拉特大人。也是保羅大人的叔父。」

那個人是領主嗎？

氣勢有點太強，讓我不由得擔心他的統治。不過，據說這一帶有很多冒險者，或許就是要強勢到那種地步才能勝任領主吧？

嗯？姓格雷拉特而且是叔叔……？

意思就是……呃……怎麼說？

「也就是我的叔公嗎？」

「是的。」

我懂了。

保羅利用了已經被斷絕關係的自家門路。

話說回來，沒想到他的老家身分地位如此高貴……

那傢伙本來是好人家的少爺嗎？

「怎麼了，湯馬斯？為什麼門開著沒關？」

這時，有另一個人物從門口登場。

「還有，父親大人的心情很好，發生什麼事？」

是一個擁有柔順褐色頭髮，看起來很瘦弱隨性的男子。

根據「父親大人」這發言，他應該是保羅的堂兄弟吧？

「大少爺，真是非常抱歉。先前大老爺見了魯迪烏斯公子，似乎對他很滿意。」

「哦，是父親大人會喜歡的孩子嗎……這下是不是有點選錯人了？」

他這麼說完，並在我正對面的沙發坐下。

噢，對了，得打招呼才行。

「初次見面，我叫魯迪烏斯．格雷拉特。」

我和剛才一樣，彎下腰低頭行禮。

「嗯，我是菲利普．伯雷亞斯．格雷拉特。貴族打招呼時要把右手放在胸前，然後稍微低下頭。你的方式應該讓大老爺生氣了吧？」

「像這樣嗎？」

我模仿菲利普的動作，試著把頭抬高。

「沒錯。不過，剛才的致意方式也很有禮貌，不算壞事。如果是工匠那樣打招呼，感覺父親會喜歡。你坐下吧。」

菲利普態度自若地在沙發上穩穩坐下。

我也依言跟著就坐。

……面試要開始了嗎？

「你知道多少情況？」

「在這裡教導大小姐五年後，前往魔法大學就讀的入學資金就可以獲得資助。」

「只有這樣？」

「是的。」

「是嗎……」

菲利普把手搭在下巴上，放低視線看向桌子，像是在思考著什麼。

「你……喜歡女孩子嗎？」

「沒到父親大人那種程度。」

「這樣啊，那就合格了。」

咦，怎麼會～？

也太快了吧？

「目前那孩子喜歡的老師只有教導禮儀規矩的艾德娜，以及教導劍術的基列奴。至今為止已經解僱了五個人以上，其中還有一人是原本在王都執教的男性。」

就算曾經在王都執教，也不保證教法就一定很高明啊……我把這種意見吞進肚裡。

「……這和喜不喜歡女孩子有什麼關係呢？」

「沒有關係。只是保羅是那種會為了可愛女孩奮鬥不懈的人，所以我還以為你肯定也一樣。」

菲利普不以為然地聳聳肩。

該覺得不以為然的人是我，別把我跟那傢伙視為同類。

「講明白點，我對你不抱什麼期待。只是因為是保羅的兒子，所以姑且先試試看而已。」

「這話講得還真明白呢。」

「怎麼了？你有自信嗎？」

當然沒有。

雖然沒有，但現在這氣氛卻讓我無法老實回答。

「還沒實際見到本人，實在很難說……」

而且，要是這份工作失敗只能逃去做其他工作，感覺可以聽到保羅的嘲笑聲。嘲笑我果然還是個小鬼。

開什麼玩笑。

我怎麼能被年紀比自己小的那傢伙瞧不起。

唔……

「對了，要是見面後還是不太行……要不要來演一齣戲呢？」

就來利用一下生前的知識吧。

這是要讓狂妄大小姐乖乖聽話的模式。

「演一齣戲？什麼意思？」

我簡潔地做了說明：

「找個我和大小姐在一起的時間，派出聽從府上指示的人馬來綁架大小姐。然後我再利用讀寫、算術、魔術，帶著大小姐一起逃出，靠自己的力量回到宅邸……大概就是這種感覺吧。」

這番話讓菲利普愣了一下，不過似乎很快就理解用意並點了點頭。

「簡單來說，就是要讓她主動想要學習嗎？很有趣，可是會那麼順利嗎？」

「我想比起大人不容分說地下令，這樣應該更為有效。」

這是漫畫或動畫裡經常可以看到的發展。

討厭念書的小孩遭逢意外後，才明白學習的重要性。

就算是自導自演，其實也無所謂吧？

「這是那樣嗎？是保羅教你的方法？把女孩子追到手的方法之一？」

「不，父親大人不必那樣做也吃得開。」

「吃得開……噗……」

菲利普忍不住笑了。

「沒錯，那傢伙從以前就很受歡迎，沒做任何事都會有女性貼上來。」

「父親大人介紹給我的人都和他有一腿，連那邊的基列奴也是。」

「嗯，真是讓人羨慕呢。」

「我擔心他會不會對被我留在布耶納村裡的青梅竹馬出手。」

實際說出口後，我真的感到很不安。

過五年後，希露菲應該會成長很多吧……

要是回到家卻發現希露菲成了另一個媽媽，那我可無法接受。

「放心吧，保羅只對大分量的女性有興趣。」

菲利普邊說，邊把視線轉向位於房間角落的基列奴。

「……噢，原來如此。」

我也回頭看了她一眼，的確很有分量。

回想起來，塞妮絲和莉莉雅也是重量級。

哪裡有分量？

當然是胸部啊。

「才五年應該沒問題。既然擁有長耳族的血統，即使長大應該也不會變得那麼大吧。而且，我想就算是保羅應該也不至於那麼垃圾。」

真的嗎？

是說，菲利普居然知道希露菲是長耳族。

我想這下最好認定自己以前在布耶納村的情況已經全被對方摸清。

「比起那事，我更擔心女兒會不會被你欺騙。」

「對一個七歲小孩，您是在擔心什麼呢……？」

真是沒禮貌的想法。

我才不會做任何行為，只是（想辦法設計）對方自己擅自迷上我而已。

「可是在保羅的信裡，寫著是因為你在村裡四處泡妞所以才會予以隔離喔。雖然我想他只是在開玩笑，但聽了剛才的作戰計畫，讓我覺得那不見得全是謊言……」

「我只是除了希露菲以外沒有任何朋友而已。」

還有，我不過是把那唯一的朋友培養成順從的雌性奴隸罷了。

——這種話當然我死也不會說出來。

不需要老實坦白的事情，還是不要說出來會比較好。

「是嗎?好，在這裡繼續聊下去也不會有結果，就讓你見見我女兒吧。湯馬斯，帶路！」

語畢，菲利普站了起來。

於是，我和她終於面對面。

★★★

這傢伙很囂張。

看到第一眼的那瞬間，我就產生這種想法。

年齡比我大兩歲。

眼角往上吊，髮型是呈現波浪的捲髮。

顏色是鮮紅色，而且紅到讓人覺得簡直像是用原色的油漆潑撒而成。

第一印象是，潑悍。

雖然將來應該會成為美女，但可以預料到許多男人應該會認為「這一型的我沒辦法」。

甚至超越了「如果是真正的被虐狂或許可以接受……」的等級。

總之很危險。

我全身上下都在大叫著別靠過來。

「初次見面，我叫魯迪烏斯·格雷拉特。」

然而，我不能逃走。

只好先用剛才學會的方式打招呼。

「哼！」

她才看了我一眼，就立刻賞了個和她爺爺一模一樣的哼氣聲。

然後以雙手抱胸雙腳張開的姿勢站立，擺出明顯瞧不起人的態度，從上朝下看著我。

她比我還高。

一看向我，就以露骨的不高興表情開口說道：

「什麼嘛！這個人比我還小啊！居然要讓這種人來教我，開什麼玩笑！」

果然是這樣～畢竟看起來自尊心就很高嘛～

不過，我也不能退縮。

「我想年齡沒有關係。」

「什麼！你對我有意見嗎！」

聲音超大，我都在耳鳴了。

「可是我會做的事情，大小姐妳卻不會做啊。」

我這樣一說，就覺得大小姐的頭髮似乎倒豎了起來。

我從來沒想過怒氣這種東西真的能用肉眼看到。

真恐怖。

嗚嗚……可惡，為什麼我必須害怕還不滿十歲的小孩。

「你太狂妄了！你知道我是誰嗎！」

「是我的再從姊（堂姊）。」

我隱藏恐怖情緒並回答。

「再……？那是什麼意思？」

「指我的父親的堂兄弟的女兒，也可以說是我的叔公的孫女。」

「什麼嘛！聽不懂！」

是不是我的解釋方法不好呢？

算了，直接使用「親戚」這講法應該會比較好懂吧？

「妳有聽說過保羅這名字嗎？」

「當然不可能聽過！」

「這樣啊。」

很意外，她似乎沒聽說過保羅的名字。

算了，關係根本怎樣都好。

總之現在要對話。

畢竟攻陷之神也有說過，一開始重複進行對話事件的動作很重要。（註：「攻陷之神（落と

し神）」出自漫畫《只有神知道的世界》，主角桂木桂馬的外號）

我才剛這樣想，下一秒……

大小姐就高舉起手。

啪！

「……咦？」

真的很突然。

大小姐忽地賞了我一記耳光。

我雖然有點混亂，但還是向她發問：

「妳為什麼打我？」

「因為你明明比我小，還敢那麼囂張！」

「原來如此。」

挨打的臉頰傳來火辣辣的刺痛感。

好痛啊……

第二印象是，粗暴。

真沒辦法。

「那，我要還手嘍。」

「什麼！」

我沒等她回答，就回了一巴掌。

啪！

響起不太好聽的聲音。

畢竟我不太習慣打人，所以頂多這樣吧。算了，應該會痛？

「這下妳應該可以體會——」

被人打會痛的感覺——我正想這樣講，眼前卻出現甩著亂髮舉高拳頭的大小姐身影。

這是仁王像，看起來真的一模一樣。

我腦裡閃過這種念頭，然後就挨打了。

一個沒踩穩，雙腳又被勾倒。

然後胸口再被推了一下，所以整個人倒地。

沒兩下，就被對方以跨坐在我身上的姿勢壓制住。

等我回神時，才發現雙手已經被她用膝蓋卡死。

咦？怪了？好像動彈不得？

「喂……等一下……」

我慌亂的喊聲被大小姐的吼叫聲蓋過。

「你知道自己對誰動手嗎！我要讓你徹底後悔！」

宛如鐵鎚的拳頭朝著我揮下。

「好痛！痛啊！等……等一下！怎麼會……住手！」

大約挨了五拳之後，我才好不容易靠著魔術脫逃。

我忍著雙腿發軟的感覺站了起來，伸出手準備用魔術迎擊。

接著利用風魔術來產生衝擊波，打中大小姐的臉。

「……我絕對饒不了你！」

大小姐的臉往後仰，但卻絲毫沒有停頓，繼續以惡鬼般的模樣衝向我這邊。

看到這樣子的瞬間，我察覺自己弄錯了。

我連滾帶爬地逃走。

眼前這玩意兒和我知道的大小姐不同。

不是那種梳著鑽頭狀法國捲髮型，然後會做出雜技般的任性旋轉特技的大小姐！

而是不良少年漫畫的主角。

或許能靠魔術把她痛扁一頓。

但是即使我那樣做，她也一定不會聽話。

大小姐必定會復活，然後再度前來找我報仇。

當然，我可以每次都用魔術對付她。

但是她的內心絕對不會屈服。

和漫畫的主角不同，她應該會使出各種卑鄙的手段。

例如從樓梯上丟花瓶下來，或是拿著木刀突然從暗處竄出來襲擊……

大小姐一定會使用所有能用的手段，試圖給我十倍以上的報復。

而那時，她想必不會手下留情。

開什麼玩笑，如果無法詠唱，就無法使用治癒魔術。

而且，只要爭執持續下去，她就絕對不會聽從我的發言。

「靠力量讓她屈服」。

這是這一次絕對不能使用的選項。

於是，回到一開始的事態。

在那之後，大概是大小姐終於累了，她總算放棄追殺行動並回到自己房間。

她沒能找到躲起來的我。

不過，真的只差一點。當那個紅髮惡魔從我眼前經過時，我真的覺得彷彿身處地獄。真沒想到居然會在這種地方體會到恐怖電影主角的心情。
我筋疲力竭地回到菲利普那邊，他臉上帶著苦笑。
「如何？」
「根本無計可施。」
我強忍著淚水回答。
挨揍的時候，我還以為自己可能會被殺，在逃走時也差點落淚。
好久不曾有這種感覺。然而所謂傷疤好了就忘了疼，既然會覺得「好久」，表示以前也曾經發生過這種情況。
還不到心理創傷的地步。
「那麼，你要放棄嗎？」
「我不會放棄。」
明明現在什麼都還沒做。
要是就此退縮，那我算是白白挨打。
「那件事就麻煩您了。」
我堅定地對著菲利普低頭請託。
我要告訴那個野獸，什麼叫作真正的恐怖。
「我明白了。湯馬斯，去幫忙準備吧。」

菲利普吩咐之後，管家離開現場。

「話說回來，你還真能想到有趣的事情呢。」

「是嗎？」

「嗯，教師裡面只有你提出這麼大規模的計策。」

「……您認為會有效嗎？」

我有點不安。

那個大小姐，真的是我這點小聰明能對付得了的對手嗎？

菲利普聳了聳肩，如此回答：

「那就要看你的努力了。」

確實沒錯。

就這樣，我決定斷然實行這作戰。

★ ★ ★

我走進分配到的房間。

每個擺設看起來都非常高級。

有一張大床，還有裝飾精緻的家具。
漂亮的窗簾與嶄新的書架。
要是再有冷氣和電腦，就可以過著非常舒適的尼特族生活吧。
真是不錯的房間。
畢竟我也是格雷拉特的一分子，所以才會準備客房，而不是給聘僱人員用的房間吧？
講到聘僱人員，不知為何，女僕中有很多獸族人士。
雖然聽說這國家對魔族特別歧視，但獸族不一樣嗎？
「唉……話說回來，保羅那傢伙居然把我丟來這種地方……」
我在床邊一屁股坐下，抱住還在隱隱作痛的腦袋。
大概是因為挨打，現在還會感到疼痛。
我喃喃地詠唱治療術，治好傷口。
「不過和生前那時候比起來，其實還算好。」
雖然挨揍然後被趕出去的過程相同。
但是這次不一樣，不會流落街頭。
和那時相比，可以說是天差地別。
保羅有確實幫忙安排，不但準備了工作，而且也有地方睡覺。
聽說好像還會有零用錢可拿。

已經十分周到。

如果生前的兄弟們也做到這種地步，說不定我當初已經成功重新做人。

幫我找個工作，準備住處，派人監視避免我逃走……

不，不可能成功吧。

三十四歲還沒有工作經驗，已經無可救藥所以才會被捨棄。

要是當時他們突然這樣對待我，我也只會擺爛。

大概連心不甘情不願地去工作都辦不到吧。

而且被迫和戀人（電腦）分開，我甚至有可能會試圖自殺。

正因為是「現在」這時機，所以沒有問題。

我現在已經決定要努力工作賺錢。

雖然手段強硬，但卻是絕佳的時機。

我或許有點誤會保羅。

「不過，那玩意兒還是太誇張了。」

那個凶暴的生物到底是什麼？

我活了四十幾年，第一次遇到那種東西。

那不只是恐怖。

而是暴力的化身。

就像是瞬熱型熱水器。
差點喚醒了我的心理創傷。
其實，我已經有點漏尿。
「感覺不管從這邊的哪裡下手，她都會抓狂。」
不過呢，看那個大小姐的樣子，就算換「另一邊」也一樣會抓狂。
邊抓狂邊爆發出內心的怨毒。
「……難怪會被學校趕出來。」
她打我的動作相當熟練。
那是已經很習慣打人的動作。是不管對方是否抵抗，都一律痛毆一頓的手法。
明明才九歲，卻已經過度習慣讓對方無力抵抗的過程。
我真的能夠教導那種人嗎？
我和菲利普已經商量好了。
首先，讓綁架犯把大小姐擄走，讓她嚐到無力感。
接著我再出面救她，讓她尊敬我，也願意老實接受我的教導。
計畫本身很簡單，我也很清楚基本的流程。
只要能引出預料中的反應，應該就能順利進行。
然而，真的能順利進行嗎？

她的凶暴程度遠遠超乎我的想像。

竭盡全力吼叫挑釁，一旦對方反擊，就會徹底擊垮對方。

這樣的暴力，可以看出對完全勝利的意志。

就算被綁架犯擄走，她會不會依舊覺得不痛不癢呢？

要是我去救她，她是不是會擺出一副理所當然的表情，還會說出「你為什麼沒早點救我？人渣！」之類的發言？

有可能。

如果是那個大小姐，真的很有可能會那樣。

或許會出現意料外的反應。

必須事先預想好所有事態。

也必須先做好心理準備。

畢竟，這次不允許失敗。

我努力思考。

思考能夠成功的方法，還有步驟。

然而，愈動腦，思緒就愈是陷入泥沼。

「神啊，拜託您讓這個計畫成功……」

最後我只好祈禱。

其實我根本不信神。

不過還是很有日本人風格地只在遇上困難時求神拜佛。

拜託神明……請一定要讓這次的計畫成功。

這時我才發現自己居然把聖物（內褲）丟在老家房間裡沒帶來，所以哭了。

神（洛琪希）不在這裡。

名字：「大小姐」。
職業：菲托亞領主的孫女。
個性：凶暴。
我方吩咐：完全不理會。
讀寫：只會寫自己的名字。
算術：只會一位數的加法。
魔術：完全不懂。
劍術：劍神流．初級。
禮儀規矩：只會伯雷亞斯式的問候。
喜歡的人：爺爺、基列奴。

第二話「自導自演」

當我醒來時，發現自己待在一個骯髒的倉庫裡。
陽光從裝有鐵柵欄的窗口照了進來。
身上到處都痛，總之先確認沒有骨折後，我低聲使出治癒魔術。
雖然手被反綁在身後，不過這不算什麼。
「好。」
完全恢復，衣服也沒有破損。
一切正如作戰計畫。

為了拉攏大小姐，作戰計畫的內容如下：

一、和大小姐一起前往城鎮中的服飾店。
二、大小姐很調皮，所以會想要一個人跑去店外。
三、平常基列奴都會以護衛的身分守著她，但這次會「偶然」沒注意到，大小姐順利溜出店外。

四、雖然我會跟上，但畢竟只是個比自己年幼，而且才在衝突裡狠狠教訓過的小鬼，因此大小姐不以為意。

五、大小姐會把我當成跟班，帶著我往城鎮邊緣的方向移動（據說她很憧憬冒險者）。

六、這時，聽從格雷拉特家指示的綁架犯出現。

七、輕鬆讓我和大小姐昏倒，帶到隔壁城鎮監禁。

八、我使用魔術逃出監禁地點。

九、在某處發現我們原來身處隔壁城鎮。

十、使用藏在內褲裡的金錢，搭上公共馬車。

十一、平安到達家中，擺出了不起的態度向大小姐說教。

目前已經順利進行到第七項。

接下來只要我活用魔術、知識、智慧和勇氣，精彩逃離這裡就可以了。

為了讓這場戲顯得逼真，大部分狀況都得即興演出。

真擔心能不能順利進行……

「……嗯？」

不過，現狀和預定有點不同。

這倉庫看起來充滿灰塵，角落還隨便丟著壞掉的椅子和開了洞的鎧甲。

原本是說要挑個更乾淨點的地方……

算了，畢竟也有講好要認真進行避免被發現是在演戲，這樣也合理啦。

「嗯……唔……？」

過了一會兒，大小姐醒了。

她睜開眼睛，看到陌生的環境，原本用力想要起身卻因為手被反綁在身後，結果以像隻毛蟲的姿勢倒到地上。

「這是怎麼回事！」

大小姐一發現自己無法動彈，立刻開始大吵大鬧。

「開什麼玩笑！知道我是誰嗎！快點放開我！」

她的音量大得嚇人。

我在宅邸時也有發現，她根本不會想要控制自己的音量。

是顧慮到待在那個過於寬廣的宅邸裡，必須一開口就能讓聲音傳到角落嗎……

不，她肯定什麼都沒在想。大小姐的爺爺，紹羅斯是那種動不動就大吼並威嚇對方的類型。

而大小姐受到那種人的疼愛，所以肯定曾多次目睹爺爺大人喝斥傭人和菲利普的場景。

小孩子會模仿，尤其是會模仿壞行為。

「吵什麼！死小鬼！」

大小姐鬧了一陣後，一名男子粗魯開門進入倉庫。
他穿著粗劣的服裝，全身上下散發出臭氣，還禿頭，鬍子也沒刮。
看這外表，要是他遞出「我是山賊」的名片倒是很有說服力。
真是絕佳人選，這樣一來，應該不會被看穿是自導自演吧。
「什麼！好臭！別靠近我！你好臭！知道我是誰嗎！基列奴馬上就會趕來把你劈成……嗚！」
砰！
伴隨著聽起來就讓人覺得很痛的聲響，大小姐被踹飛了出去。
飛出去的大小姐發出不像是淑女的慘叫聲。
她整個人都浮在半空中，然後狠狠撞上牆壁。
「該死的！囂張個什麼，啊？我知道你們兩個是領主的孫子！」
男子毫不留情地舉腳狂踹因為手被反綁而無法動彈的大小姐。
這……這是不是做得太過火了？
「痛……好痛……住手……嗚……不……嗚嗚……不要啊……」
「呸！」
男子踹了好一陣子才停腳。
最後他在大小姐臉上吐了口口水，然後狠狠瞪向我。

我才剛轉開視線，這瞬間臉上就挨了一腳。

「……嗚！」

好痛。

雖說是演技，但希望對方下手能稍微再輕一點。

是啦，我是有說過自己會用治癒魔術。

「呸！居然一臉很爽的樣子……！」

男子離開倉庫。

對話聲隔著門傳了過來。

「老實下來了嗎？」

「嗯。」

「你沒殺了她吧……要是傷得太重，會拉低價錢啊。」

總覺得這對話不太對勁。

逼真的演技…………如果真是那樣也就算了，但聽起來不像是。

該不會，或許是「那種」情況吧？

「啥？無所謂吧，反正最少有那個男的小鬼就行了……」

一點也不行！

「……」

等聽不到聲音之後，我先數了三百秒左右，才用火魔術燒斷繩索，前往大小姐身邊。

流著鼻血的她睜著目光渙散的雙眼，嘴裡嘀嘀咕咕地不知道在說什麼。

仔細一聽，原來是「絕對饒不了你們」、「我會向祖父大人告狀」之類，還有其他一些不堪入耳的可怕宣言。

總之，我先以觸診來確定她的傷勢。

「咿！」

大概是感到疼痛吧？大小姐一臉畏懼地看向我。

我豎起一根手指靠向嘴邊，以手勢示意她保持安靜。

接著邊觀察大小姐的反應，邊確認傷處。

居然斷了兩根骨頭。

「宛如母親的慈愛女神，請治癒此人之傷口，讓他恢復健康的身體……『ExHealing』。」

我低聲詠唱中級治療術，治癒大小姐的身體。

治癒魔術並不是灌注越多魔力，就能得到越好效果的類型。

不知道有沒有確實治好？

希望骨頭癒合時不要變成什麼奇怪的樣子……

「咦……怪了？怎麼不痛了……」

大小姐以不解的表情低頭看向自己的身體。

我把嘴貼到她的耳邊，悄聲說道：

「噓！安靜點。因為妳有骨折，所以我使用了治癒魔術。大小姐，看來我們被不滿領主的無賴給綁架了，所以……」

大小姐根本沒在聽。

「基列奴！基列奴！快來救我！我會被殺！快點來救我啊！」

音量驚人的吼叫響遍整個倉庫。

我立刻把繩子藏到衣服下面，衝向倉庫角落。接著背靠牆壁，把雙手放到後方裝出被綁住的模樣。

一名男子回應大小姐竭盡全力的嘶吼，「砰磅！」地闖了進來。

「鬼叫什麼！」

大小姐被踢得比剛才更慘。

學習能力到底是什麼呢……

「該死的！敢再亂叫我就殺了妳！」

順道一提，我也被踹了兩下。

我什麼也沒做，何必踹我呢？真想哭啊……

抱著這種想法的我移動到大小姐身邊。

「嗚……嗚……」

真慘。

雖然不清楚肋骨的情況，但大小姐在吐血，或許有哪個內臟受損。手腳的骨頭也斷了。

我對醫療方面並不清楚，不過要是丟著不管，這種傷勢是不是會致死啊？

「神聖之力是香醇之糧，賜予失去氣力之人再次站起來的力量吧……『Healing』。」

總之，我施展初級治療術稍微治癒傷勢。

看她不再吐血，這樣就不會死了吧……大概。

「嗚……還……還好痛……你……你要確實治好啊。」

「我不要，要是治好又會被踢吧？請自己使用魔術。」

「我……我不會用啊……」

「要是有乖乖學習，現在就能用了。」

我只丟下這句話，就移動到倉庫的入口。

接著，把耳朵貼到門上。

我想再多聽一點他們的對話。

怎麼看都覺得不對勁，對大小姐出手那麼重未免做得太過火。

「所以，要賣給那個傢伙嗎？」

「不，拿來交換贖金吧。」

「不會留下讓人追查的線索嗎？」

「也沒差吧，那時候我們早就到鄰國了。」

可以聽見他們似乎真的想把我們賣了的對話。

現在的情況大概類似原本拜託認識的人去襲擊女孩子，結果卻偶然碰上「本行人士」來插手嗎？

到底是哪個環節出錯呢？是預定要綁架我們的那些傢伙被盯上了？還是打從一開始被綁架時就有問題？或者其實是菲利普出賣女兒？

最後的推測再怎麼說都不可能吧。

……算了，不管怎樣，我要採取的行動都相同。

只是「安全」這點已經不再有保證。

「比起賣掉，贖金應該比較多吧？」

「總之，到晚上之前要下決定。」

「決定要選哪一邊。」

聽起來他們是在爭執到底要把我們賣到哪個地方去，還是要向領主勒索贖金。

還有，晚上似乎就會離開這裡。

那麼，我必須趁還有陽光趕快行動。

「好。」

……問題是，該怎麼做？

用魔術把門轟破，再用魔術打倒綁架犯。看到虐待自己的綁架犯被我打倒，大小姐對我就會產生尊敬心……

感覺行不通呢~

她大概會覺得要不是自己被綁住，不然也可以打得贏。

而且，要是讓她認為「到頭來還是要靠暴力解決」，這樣也是不好。

我必須教導她暴力不會有任何好處，否則我就會一直挨打。

我想讓她感受到更強烈的無力感。

（……而且，也無法保證我一定打得贏那些綁架犯。）

如果綁架犯的實力和保羅或基列奴差不多，我很確定自己會輸。

那樣一來，我肯定會被殺。

好，總之，在不要接觸到綁架犯的情況下逃出這裡吧。

我看向背後，確認大小姐的情況。

「……」

她正在以充滿怒氣的雙眼瞪著我。

唔……

算了，先開始行動吧。

首先我使用土和火魔術，填滿大門的縫隙。接著利用火魔術慢慢熔化門把，讓門把固定住無法轉動。

這樣一來，就成了一扇無法打開的門。不過，如果他們想踹破大門的話應該也撐不了多久吧？只能算是一點保險。

然後我靠近窗戶，採光用的小窗戶上裝有鐵欄杆。

本來想讓火魔術集中在一點上並燒斷鐵欄杆，但感覺會太燙所以作罷。

嘗試各種方法後，我利用水魔術來一點點沖掉鐵欄杆周圍的土，最後成功把整個鐵欄杆給拆了下來，形成一個差不多可以讓小孩子鑽過的開口。

脫逃路線完成了。

「大小姐，我們似乎是被對領主抱有不滿感情的無賴給綁架了。今晚還會有同夥過來，所以他們在討論要一起把我們虐待至死。」
「你……你在騙我吧……？」
當然是假的。
不過，大小姐卻嚇得臉色鐵青。
「我不想死所以要逃了……再見。」
我伸手搭住拆掉鐵欄杆後形成的洞口，稍一使勁把身子提了上去。
同時，大門那邊也傳來說話聲。
「喂！門打不開！搞啥！」
還有粗魯敲著大門的砰砰聲。
回頭一望，滿臉絕望的大小姐正來回看著我和門口。
「啊……別……別丟下我……救我……」
哎呀？沒想到她這麼快就服軟。
就算是大小姐，也會覺得這種狀況很恐怖。
我立刻靠了過去，在她耳邊低聲說道：
「……妳可以保證在到家之前都會乖乖聽我的吩咐嗎？」
「聽……我聽……我會聽……」
「也可以答應不會大吼大叫？基列奴不在這裡喔。」

「我答應……快……快一點啦……要來了……那傢伙要來了……！」

大小姐用力點頭。

這充滿恐懼和焦躁的臉孔和毆打我那時可說是天差地別。

她能體會到單方面挨打究竟是什麼感覺，真的比什麼都重要。

「如果妳敢破壞約定，我真的會拋下妳。」

我盡可能冷淡地這樣說道，並用土魔術埋住整扇門。

接著用火魔術燒斷大小姐身上的繩子，用治癒術把傷勢完全治好。

最後，我從拆掉鐵欄杆的洞口爬向外面，再把大小姐也拉了上來。

★　★　★

逃出倉庫後，眼前是陌生的城鎮。

由於沒有城牆，至少一定不是羅亞。

雖然規模並沒有小到算是村莊等級，但也是個不大的城鎮。如果沒有趕快進行下一步行動，大概立刻就會被逮到。

「哼！到這裡就沒問題了吧！」

大小姐大概是誤以為已經甩開追兵了，突然大呼小叫起來。

「妳剛剛不是答應回到家之前都不會大吼大叫嗎？」

「哼！為什麼我必須遵守和你的約定？」

她以一副理所當然的態度這樣回答。

這死小鬼……

「是嗎？那麼我們就在這邊分手吧，再見。」

「哼！」

大小姐哼了一聲後往前走，但下一瞬間，遠方傳來怒吼聲。

「臭小鬼！跑哪裡去了！」

大概是他們踹破大門，或是打算從窗口看看情況卻發現鐵欄杆已經被拆下，所以察覺我們逃走並追了上來吧。

「……咿！」

大小姐低聲慘叫，立刻又回到我身邊。

「剛……剛剛我是騙你的，我不會再大聲說話了，快點帶我回家。」

「……我並不是大小姐的僕人也不是僱工。」

聽到她這種只顧自己的發言，讓我有點不爽。

「什……什麼嘛，你是家庭教師吧？」

「不是喔。」

「咦？」

「因為大小姐對我不滿意，所以我還沒被僱用。」

「會……會僱用你啦……」

大小姐以不甘不願的態度把臉轉向旁邊。

我希望能在此獲得確實的保證。

「就算妳嘴上這樣講，但只要一回到宅邸，又會像剛才那樣違背約定吧？」

我讓自己的語氣盡可能保持冷漠。

不帶任何感情，聽起來很平淡。

但是，聲調卻像是在表示：「我知道妳絕對會那樣做。」

「我……我不會反悔……快……快救我……救救我啦……」

「如果妳可以保證不大吼大叫，而且也願意聽我指示，就可以跟著我走。」

「我……我知道了。」

大小姐溫順地點點頭。

很好很好。

那麼，開始下一步行動吧。

首先我拿出藏在內褲裡的五枚阿斯拉大銅幣。

這是目前擁有的所有財產。

順便解釋一下，大銅幣的價值是銀幣的十分之一，算是很靠不住的金額。

話雖如此，目前有這些資金應該已經足夠了吧。

「請跟著我。」

就像是要遠離偶爾會傳來的怒吼聲，我往城鎮入口移動。

那裡站著一個滿臉無聊的警衛。

我把一枚大銅幣遞給他。

「要是有人在找我們，請告訴他們，我們離開這城鎮了。」

「咦？什麼？小孩子？是可以啦，但這是怎樣？你們在玩捉迷藏嗎？嘖！還不少錢呢……是哪來的貴族啊……真是……」

「還請多多幫忙。」

「嗯，知道了。」

雖然反應很隨便，但至少可以稍微拖延一陣子吧。

接著，我前往在入口附近的公共馬車候車處。

牆壁上寫著利用方法和費用，不過這些已經先查好了。

順便也確認了現在的位置。

「這裡好像叫作威汀，是距離羅亞兩個城鎮的地方。」

我對著大小姐悄聲說道。

大小姐似乎也遵守約定，壓低音量回應：

「你為什麼知道？」

「因為有寫啊。」

「我看不懂……」

很好很好。

「看得懂文字很方便喔，因為公共馬車的利用方法也有寫在這裡。」

話說回來，居然一天就把我們帶到這種地方來。

陌生的城鎮真是讓人不安，感覺精神創傷似乎又會發作。

不對，現在和連就業服務處在哪裡都不知道的那時候可不一樣了。

話說回來，保羅跟就業服務處寫起來還挺相像。（註：保羅的日文是「パウロ」，就業服務處的日文簡稱是「ハロワ」，看起來有點像）

我正在胡思亂想，卻發現怒吼聲似乎越來越靠近。

「混帳！躲哪裡去了！快給我滾出來！」

「！快躲起來……！」

我抱住大小姐，帶著她躲進候車處的廁所，把門鎖上。

外面傳來激烈的腳步聲。

「跑哪裡去了！可惡！」

「別以為你們逃得掉！」

嗚喔喔，好可怕～

勸你們別用這種吼聲找人啊，至少應該用更唬人的語氣吧？那樣一來，說不定我們會被騙而乖乖出來喔。才怪，誰會出去啊。

「該死！不在這裡！」

不久之後，聲音遠去。應該可以暫時鬆一口氣。

不過還是嚴禁大意，因為慌張的傢伙反而很有可能會回到同樣地點找好幾次。

「……沒……沒問題嗎？」

這時，大小姐用手捂著嘴巴不斷發抖。

「嗯，萬一被發現，只能盡全力抵抗。」

「是……是啊……嗯……！」

「不過，大概打不贏吧。」

「是……是嗎……？」

因為大小姐似乎快燃起鬥志，所以我修正了一下方向。

要是她突然打人也是個問題。

「話說回來，剛剛我去看了車費，從這邊出發必須轉乘兩次公共馬車才行。」

「……轉乘？」

大小姐的表情就像是在說：「那又怎麼樣？」

「公共馬車從早上八點開始，每兩個小時會發出一班車，每天總共五班。每個城鎮都一樣。從這裡到隔壁城鎮需要花三小時，而現在要出發的這班車是第四班，所以……」

「所以？」

「就算到達隔壁城鎮，也沒有前往羅亞的馬車可搭。也就是必須在隔壁城鎮住一晚。」

「那……！……是……是這樣嗎？哼～」

她原本似乎想大叫，不過還是忍住。

拜託妳小心點，不要大吼大叫啊。

「我手上雖然有四個大銅幣，不過從這裡前往隔壁城鎮，住一個晚上，再從隔壁城鎮前往羅亞……如果要把錢各自用在這三件事情上面，只能說是勉強。」

「勉強……夠用吧？」

「夠用。」

大小姐放心地摸了摸胸口。

但是，現在放心還太早。

「但前提是找零時不能被騙。」

「找……找零……？」

大小姐露出聽不懂的表情。

或許她從來不曾自己買東西。

「旅社和公共馬車的人看到像我們這樣的小孩，應該會認為我們不會算術吧。這樣一來，說不定他們會在找零的時候故意少找錢。只要當場指出錯誤，大概就會還給我們正確的零錢。但是，如果不會算術……」

「會怎麼樣？」

「會沒有錢搭上最後的公共馬車。之後，就會被剛才那些男人追上……」

大小姐開始發抖。

看起來快要尿出來了。

「大小姐，廁所就在那裡。」

「我……我知道！」

「那麼，我去看一下外面的狀況。」

我正打算離開廁所隔間，她卻抓住我的衣服下襬。

「別……別走。」

欣賞大小姐的排尿場面並興奮一陣之後，我們才離開廁所。

那些男人似乎不在。

不知道是去外面找人，或是還在城鎮裡找。

萬一被發現，只能使出魔法，想辦法讓他們失去力量。

我一邊祈禱那些傢伙是我打得贏的對手，同時躲在候車處的角落等待，等出發時間一到，立刻把錢交給馬車伕，搭上馬車。

★★★

我們順利移動到隔壁城鎮。

為了讓大小姐體會這世界到底有多嚴苛，我選擇了跟廢屋沒兩樣的地方作為落腳處。床鋪只是一堆稻草。

大小姐似乎因為太激動所以睡不著。

只要有一點風吹草動，她立刻嚇得坐起，用害怕的眼神瞪著門口。過了一會兒明白什麼事都沒有之後，才鬆一口氣——一直重複這種行為。

隔天，我們搭上早晨的第一班馬車。

大小姐應該是沒睡飽吧，雙眼充滿血絲。不過她並沒有表現出想睡的模樣，而是不斷偷看馬車的後方。

途中有好幾次被騎著一匹馬的獨行人物追過，但都不是綁架犯。

畢竟我們移動了不算短的距離，說不定他們已經放棄了。

我樂觀地這樣想著。

過了幾小時後，我們平安到達羅亞。

通過那可靠的城牆，看到遠處的領主宅邸後，我心中湧上一股強烈的放心感。

我下意識認為到這裡就安全了。

我們走下馬車，徒步前往宅邸。大概是因為坐在馬車上被晃了好幾小時，而且又是第一次睡在稻草上，我也覺得很累。

彷彿逮住了這一瞬間的空檔——大小姐突然被拖進小巷裡。

我太大意了。

「……咦？」

我過了兩秒才發現這件事。

視線只離開短短兩秒，大小姐就不見了。

我真的以為她消失了。這時在視線的角落，出現被建築物轉角鉤住的破布，而且和大小姐的衣服是同樣花色。

我立刻追了上去。

進入小巷後，看到有兩個人正扛著大小姐打算走出這條巷子。

「嗚！」

我反射性地用土魔術來做出牆壁。

施展出的魔術在他們面前製造出一道高高的土牆。

面對突然在眼前出現的牆壁，去路被封住的兩人只能被迫停下腳步。

「怎麼回事！」

「嗚嗚——！」

大小姐的嘴巴被塞住，眼裡噙著淚水。

才幾秒鐘就拿道具塞住她的嘴，動作真快啊，顯然非常熟練。

而且，她大概挨了一拳吧，臉頰整個紅腫起來。

對手有兩人，兩個男人。

一個是踹過我的那個粗魯傢伙，另一個大概是在倉庫裡和他對話的另一個人吧。兩人外表看起來都像是山賊，而且腰間還佩著劍。

「什麼，原來是那個小鬼啊。你要是乖乖繼續往前走就可以回家，偏偏……」

兩人雖然因為突然出現的牆壁而吃了一驚，但回頭看到我之後，立刻不懷好意地笑了。

粗魯傢伙就這樣毫無戒心地打算靠近我。

另一人則抓著大小姐。沒有其他同夥嗎……

總之，我讓指尖出現一個小火球，也算是在警告對方。

「唔！你這傢伙！」

看到火球的那瞬間，粗魯傢伙立刻拔出劍。

另一個人也隨即開始警戒，拔劍抵在大小姐的脖子上，然後慢慢後退。

「這臭小鬼，還覺得你好像莫名冷靜，結果居然是護衛魔法師嗎……難怪會被你們輕易逃走，可惡！真的是被外表騙了！原來你是魔族！」

「我不是護衛，還沒獲得正式僱用。」

雖然也不是魔族，但這部分不訂正也沒差吧。

「什麼？那你為什麼要妨礙我們？」

「呃，因為預定接下來會被僱用啊。」

「哦？是為了錢嗎？」

為了錢？

是為了賺取魔法大學的學費，其實也算是為了錢沒錯。

「我不否認。」

我這樣一說，粗魯傢伙就咧著嘴笑了。

「那麼，你也協助我們吧。我認識那種變態貴族，願意出高價購買身分高貴的小女孩。而且還聽說這裡的領主很寵孫女，所以也可以要求贖金。要多少錢對方都會願意出。」

「哦……」

聽到我發出似乎很認同的聲音，大小姐一臉鐵青地看向我。

說不定她也有聽說過我是為了魔法大學的學費才來求職。

「那麼，具體來說大概是多少錢？」

「可不是一個月一兩枚金幣那種寒酸金額，大概會有一百枚金幣吧。」

對方一臉得意。

雖然不知道以這邊的物價來說是高是低，但聽起來就像是「是一百萬喔！很厲害吧～」的感覺，真像小學生。

「嘿嘿，你雖然外表是那模樣，但其實已經年紀不小了吧？」

「嗯？你為什麼會那樣認為？」

「從剛才的魔術，還有這種冷靜的態度就能看出來。我聽說過魔族裡也有那樣的種族。你應該因為外表而吃過不少苦頭吧？那麼，想必很了解錢有多重要吧？」

「原來如此。」

看在不知情的人眼裡，原來是這種感覺嗎？的確，我的精神年齡已經超過四十歲。

猜中了，正確答案！不愧是山賊先生。

「的確，活到這個年紀，我非常了解金錢有多重要。過去也曾經身無分文地被丟到完全陌生的土地。」

「嘿嘿嘿，沒錯吧？」
不過，在那之前我都過著完全不用擔心金錢的生活。
將近二十年的尼特歲月，充滿色情遊戲和網路遊戲的半輩子。
在這段時間裡，我學會一個道理。
在這裡背叛大小姐的意義。
還有在這裡幫助大小姐會促成什麼發展。
「正因為如此，我知道有些事情比金錢更重要。」
「講什麼漂亮話！」
「不是漂亮話，因為金錢無法買到充滿好意的『嬌』反應。」
糟糕，一不小心就講出了真心話。
「嬌反應？那是什麼？」
雖然粗魯傢伙露出聽不懂的表情，但似乎已經明白交涉決裂的事實。他收起惹人厭的笑容，一臉險峻地把劍指向大小姐的脖子。
「那麼，這傢伙就是人質！我要你先把那顆火球(Fire Ball)擊向天空！」
「……只要朝著天空擊出就可以了吧？」
「沒錯！可千萬別把手指朝向我們。就算你再快，砍斷這臭丫頭的脖子拿她來當盾牌還是會比較快！」

他為什麼不叫我把火球消掉呢？不，或許他並不知道可以消掉。

畢竟詠唱魔術到發射為止都是自動進行。

對於沒有確實學習過魔術的人來說，大概不太清楚這部分的詳情吧。

「了解。」

我在發射出去之前，操作魔力調整手上的火球。

在火球之中製作出另一個特殊的火球。

然後發射。

咻～砰！火球發出不怎麼樣的聲音並升上天空。

然後在空中引發劇烈的爆炸。

「什麼！」

「嗚喔！」

「唔唔——！」

響起彷彿會震破耳膜的劇烈聲響，伴隨著刺眼的光芒，還有似乎會讓人被灼傷的熱量從空中往下籠罩，讓每一個人都抬頭望向天空。

就在這瞬間，我拔腿往前跑。

邊跑邊使出魔術，以非常習慣的動作來構築出兩種魔術。

右手是風的中級魔術「真空波（Sonic Boom）」。

左手是土的中級魔術「岩砲彈（Stone Cannon）」。

各自朝著兩人攻擊。

「哇啊啊啊！」

真空波（Sonic Boom）切斷了正看向空中的粗魯傢伙的手。

「唔嗚！」

我確實抱住被他鬆手放開的大小姐，姿勢當然是公主抱。

「嘖！別小看我們！」

看向另一人，他正在把岩砲彈（Stone Cannon）一切為二。

「嗚哇……」

不妙，他居然能斬斷岩石。雖然不知道這傢伙的流派，但總之很不妙。要是他實力和保羅差不多那就糟了，說不定是我打不贏的對手。

「啊哇哇……！」

我在腳邊使出風和火的混合魔術，製造出衝擊波並藉此把自己彈飛。

這衝擊強大到讓我覺得腳的骨頭說不定會斷掉。

下一瞬間，對方的劍劃過我原本的所在位置。從我的鼻尖掃過，在耳邊留下颼颼聲。

危險！

不過，並沒有保羅那麼快。

那麼，只要冷靜對應就行了。我已經多次模擬過和劍士的戰鬥，如果能按照練習時那樣做，應該可以擺脫這次危機。

還在空中的我準備起下一個魔術。

首先是對著那傢伙的臉擊出火球（Fire Ball）。

射出速度則是緩慢。

「這算什麼！」

對方看穿這顆火球（Fire Ball），舉起劍打算迎擊。

我利用擊中目標前的時間落差，使出水和土魔術，讓那傢伙的腳邊出現泥沼。即使那傢伙能對應火球（Fire Ball），但膝蓋以下都陷入高黏性的泥漿裡，行動也遭到封鎖。

「什麼！」

好，要贏了！

我產生這種確信。

那傢伙已經無法再往前跑。雖然火球（Fire Ball）會被擋下，但到時我們已經脫離那傢伙的攻擊範圍。

即使我還抱著大小姐，但只要躲進人群裡就是我方有利。再不然，也可以大聲求救。

——在產生這種念頭的瞬間。

「別想逃！」

那傢伙突然把劍丟了出來。

這時，我腦裡回想起保羅的教導。在北神流中，有一種腳受傷時可以擲劍攻擊的技巧。

也就是有一種在面對遠距離的敵人時，丟出劍來刺擊對方的技巧。

劍以驚人的速度直直朝著我飛來。

我反射性地明白自己無法躲開。

只能像是在觀賞慢動作般地看著劍越來越接近。

軌道朝向腦袋。

——死。

在我聯想到「死」這個字的下一瞬間。

有個茶褐色的物體突然出現在眼前。

同時傳出彷彿有陶器破裂的尖銳聲響，那把劍則掉到地上。

「咦？」

在我眼前的是某個人的背影。

而且是一個寬廣強壯的背影。抬頭一看，可以看到長著動物耳朵的後腦。

原來是基列奴．泰德魯帝亞。

她看了我一眼，然後稍微點了點頭。

「接下來就交給我吧。」

語畢，當她把手移向腰間佩劍的那瞬間——紅色劍光劃過半空。

「……咦？」

腳陷在泥沼裡的男子腦袋掉了下來。

明明他身在遠處，劍應該砍不到的位置。

「什麼！妳是哪裡來……」

接著在基列奴的尾巴稍微動了一下的那瞬間，另一人的腦袋也掉了。

就連在這邊，似乎也可以聽到腦袋落地的聲音。

我的思考沒辦法跟上。

「……」

只能茫然地望著彼此位置應該相隔數公尺的兩人身體就這樣倒下。

看起來根本不像是現實的光景，我完全不明白到底發生了什麼事。

咦？他們死了？

腦袋中只有這種簡短的感想。

「嗯，魯迪烏斯，敵人只有兩個嗎？」

聽到基列奴跟我說話，這才猛然回神。

「啊……是。謝謝妳，基列奴……小姐？」

「不用加小姐，叫基列奴就好。」

基列奴轉過身子點了點頭。

「因為看到空中突然發生爆炸所以趕來看看，結果是正確答案。」

「還……還真快呢。是說，妳三兩下就打倒他們了……」

從我用出第一個魔術之後，大概才過了一分鐘左右。

再怎麼說也太快了吧。

「因為我就在附近。還有，剛剛那根本不算什麼。面對那種程度的對手，每個泰德魯帝亞族的戰士都可以瞬間解決。話說回來，魯迪烏斯你是第一次和北神流的人交手嗎？」

「根本是第一次面對這種拿命相搏的戰鬥。」

「這樣啊，那些傢伙連臨死前都不會放棄，你要小心。」

臨死前……

沒錯，我剛剛的確是瀕臨死亡。

一回想起劍飛過來的那瞬間，我簡直兩腳發軟。

這是在搏命。

剛剛的行為的確是拿命相搏。

「我……我們回去吧。」

要是走錯任何一步，我就已經死了。

至今為止我從來沒想過這問題，但這裡是異世界。是劍和魔法的異世界。

下次死掉時，我會怎麼樣呢……

這種難以言喻的恐懼感讓我背脊一陣發寒。

★★★

「呼……」

一到達宅邸，大小姐就全身無力地癱坐在地。

似乎是因為放下緊張情緒，所以腳都軟了。

女僕們慌慌張張地趕了過來。

她們伸手想要幫助大小姐，她卻把女僕的手推開，像是剛出生的小鹿那般抖著雙腳站起。

接著她雙手抱胸，雙腳張開，擺出不可一世的站姿。

或許是因為回到家裡，她的氣勢也恢復了。

這模樣讓女僕們察覺到不尋常的狀況，紛紛停止動作。

大小姐對著我用力一指，扯著嗓門說道：

「因為約定是『到家之前』！所以現在我可以說話了吧！」

「噢，是的，已經可以說話了，大小姐。」

聽到這個音量，我直覺感到自己失敗了。

那種程度的經歷，當然不足以改變這個任性又凶暴的女孩。

反而是我因為和別人搏命而大受驚嚇。大小姐或許察覺到這一點……察覺到雖然我嘴巴上講得那麼好聽，但實際上果然還是很弱。

「我特別允許你可以叫我艾莉絲！」

但是大小姐的發言卻出乎我的意料。

「咦？」

「就說是特例！」

——意思是……換句話說，ＯＫ嗎？

我能夠以家庭教師的身分在這裡工作？

喔……喔喔！真的嗎！成……成功了嗎！太棒了！

「謝謝您！艾莉絲大小姐！」

「不用加大小姐！叫艾莉絲就好！」

艾莉絲模仿基列奴的語氣，接著就這樣整個人臉朝上往後倒下。

於是，我成為艾莉絲．伯雷亞斯．格雷拉特的家庭教師。

名字：**艾莉絲．B．格雷拉特。**
職業：**菲托亞領主的孫女。**
個性：**凶暴。**
我方吩咐：**也不是完全不理會。**
讀寫：**只會寫自己的名字。**
算術：**只會加法。**
魔術：**有興趣。**
劍術：劍神流．初級。
禮儀規矩：只會伯雷亞斯式的問候。
喜歡的人：爺爺、基列奴。

閒話「後日談與伯雷亞斯式問候」

結果，背後操控綁架事件的犯人是管家湯馬斯。

他和那些無賴提到的變態貴族有關係。

變態貴族從之前就看上了大小姐，據說想要盡情玩弄那個好勝又傲慢的野獸。

而湯馬斯被金錢沖昏了頭，讓變態貴族準備的兩個無賴加入這次的作戰。

真是，世界上居然有這麼厚臉皮的混帳。

希望他下次做這種事情時，務必要先跟我打聲招呼。

他預估錯誤的部分，大概就是沒料到我的魔術實力居然高明到可以從那兩人手下逃走，還有那兩人其實並不是那麼忠誠吧？

至於變態貴族那邊則是堅持裝蒜到底，因此沒被追究責任。

似乎是因為光靠湯馬斯的證言並不足夠，還有那兩人已經死亡所以無法掌握和變態紳士之間的關係性等等……總之有各種原因。

我不會去追究曖昧的部分，這就是所謂政治上的交涉吧？

到最後，這次事件被當作是由基列奴出面解決一切。

也讓外界知曉格雷拉特家招攬了劍王基列奴作為食客，一方面可以預防今後再發生這種事件，同時也展現出格雷拉特家的強大和富裕。

我也收到嚴格的命令，要是被問到這件事，必須把一切都推給基列奴。

要是讓「其他的格雷拉特家」知道我的存在，似乎有點不太妥當。

這大概也是所謂政治上的交涉吧？

是說，原來還有其他格雷拉特家啊……

「就是這樣，懂了嗎？」

「我明……白了。」

菲利普在會客室裡對我做出以上的說明。

我原本以為菲利普只是領主的兒子，其實他好像還具備羅亞市長這個身分。據說這次的事件也全都是由他這邊處理。

「明明女兒遭到綁架，您看起來還相當從容呢。」

「要是她現在還下落不明，我就會非常慌張。」

「的確是。」

「那麼，關於擔任艾莉絲家庭教師的事情……」

當我正要和菲利普討論今後的問題，房門突然被人粗魯地推開，一個精力十足的老人家闖了進來。

「我聽說了！」

那正是紹羅斯。

他跨著大步走進會客室後，伸手一把抓住我的腦袋。

接著用粗暴動作摸起我的頭。

「聽說你救了艾莉絲！」

「您……您……您說什麼呢？是祕書（基列奴）擅自出面處理，我什麼都沒做！」

紹羅斯的眼裡閃過光芒，看起來就像是猛禽的眼神。

好……好恐怖！

「你這傢伙！打算對我撒謊嗎！」

「不……不是……是菲利普大人要我這樣說……」

「菲利普！」

紹羅斯才一轉身，立刻毫不猶豫地揮動拳頭。

響起讓人覺得不太妙的聲音。

「嗚！」

菲利普臉上挨了一拳，摔向沙發後方。

動作也太快了吧，他剛剛用艾莉絲根本無法與之相比的速度打人耶……

「你這混帳！對救了自己女兒的恩人！居然沒有表示感謝！還要他模仿貴族之間的無聊裝模作樣嗎！」

依然倒在地上的菲利普鎮定地回應：

「父親大人，雖說保羅已經被趕出家門斷絕關係，但依然擁有格雷拉特家的血統。這樣一來，他的兒子魯迪烏斯當然也是具備格雷拉特家血緣的家族一員。我認為比起形式上的慰勞和獎賞，以家族身分溫暖對待他是更合乎禮儀的做法。」

維持倒地姿勢的菲利普依然一派平淡態度。

或許他已經很習慣了……習慣被紹羅斯毆打。

「既然是這樣就好！模仿貴族也很好！」

紹羅斯在空著的沙發上一屁股坐下。

他似乎不打算為了自己打人的行為道歉。他就是這種人吧，這裡是體罰也沒問題的世界。

話說起來，艾莉絲並沒有向我道歉。

也沒有因為我救了她而道謝……不，這就算了。

「魯迪烏斯！」

紹羅斯雙臂環胸，抬起下巴，以高傲的態度俯視著我。

這模樣好像在哪裡看過。

「我有事要拜託你！」

這是拜託別人時該用的態度嗎？

話說回來跟艾莉絲真是一模一樣——不對，這邊才是根源吧，因為小孩子會模仿。

「希望你能教導艾莉絲魔術。」

「這個……」

「艾莉絲剛剛來找我，希望我能找你提這件事。你使用的魔術似乎讓她目睹到強大衝擊而一直無法忘懷。」

畢竟那的確是如字面上所示，會讓視覺受到強大衝擊的魔術嘛。

「當……」

我原本想立刻答應，但又臨時閉上嘴巴。

艾莉絲之所以會變成那種樣子，恐怕就是紹羅斯寵出來的吧？

雖然不能說這就是全部的原因，但看她模仿紹羅斯的行為，應該受到相當大的影響。

為了讓艾莉絲成長，必須讓紹羅斯停止過度溺愛她的做法。

就算讓艾莉絲正常成長並不是我的義務，但再這樣下去，也不可能好好上課。

應該要從注意到的地方開始一項項慢慢解決。

「這不是該由紹羅斯大人您提出的事情，應該讓艾莉絲本人來找我。」

「你說什麼！」

紹羅斯突然很激動地舉高拳頭。

我慌忙用手護住臉部。這老先生是核子彈嗎……

「雖……雖然想拜託別人，但是卻不願意低頭……您想把艾莉絲養育成那樣的大人嗎？」

「喔！你真敢講！的確是那樣！」

紹羅斯用舉起的拳頭用力搥向膝蓋，接著重重點頭。

然後，他扯開嗓門：

「艾莉絲～！現在立刻過來會客室～！」

我還以為自己的鼓膜會被震破。

肺活量要多大才能發出這麼大的聲音啊……

不過，艾莉絲也是這樣。難道這宅邸裡沒有叫傭人去傳話的文化嗎？

真是原始人……

菲利普重新坐回沙發上，另外一名管家（好像叫作阿爾馮斯）關起剛剛一直開著的房門。後來我才知道，因為紹羅斯經常風風火火地闖進來，又風風火火地離去，所以不會立刻關門。

據說他喜歡把門推開，但是不喜歡動手拉門，真是任性的老先生。

「是～！」

聽到紹羅斯的聲音後，宅邸某處傳來回應。

過了一會兒之後，響起一陣腳步聲。

「我來了！」

雖然沒有祖父那麼誇張，但艾莉絲也是精力旺盛地把門推開，進入室內。

她的行動似乎全都以爺爺大人作為基準，因為小孩子會模仿嘛。

要是沒有第一天就挨打的經驗，或許我會覺得這還挺溫馨，不過現在我要直截了當地說。

這也是必須讓她改掉的部分。

「啊……」

看到我坐在沙發上，艾莉絲立刻抬起下巴瞪著我。

這是伯雷亞斯家代代相傳的威嚇動作嗎？

「祖父大人，剛剛的事情您已經幫我說了嗎？」

紹羅斯猛然起身，雙臂抱胸俯視艾莉絲。

兩人的姿勢一模一樣。

「艾莉絲！如果有事要拜託別人，必須自己低頭請託！」

艾莉絲的嘴角整個往下歪。

「祖父大人，您剛剛明明說過要幫我提這件事……」

「囉唆！妳如果不自己開口，就不僱用魯迪烏斯！」

咦？

他……他說什麼？

咦？啊……可是……的確是這樣呢。是嗎……是嗎……

真傷腦筋，這就是所謂的「自作自受」嗎？

「嗚嗚……」

滿臉通紅的艾莉絲狠狠瞪著我。臉紅不是因為害羞，而是因為憤怒和屈辱。

那張臉就像是在表示，要不是在祖父大人面前，她就會追殺我直到地獄盡頭，並把我碎屍萬段。

有夠恐怖……

「拜……拜託……」

「這是拜託別人時該用的態度嗎？」

紹羅斯大吼。

你有資格講這種話嗎？

「嗚……」

艾莉絲聽到這句話，突然動手從靠髮根的部分抓起那頭長長紅髮。

接著在頭部側面綁出兩條髮辮，也就是速成的雙馬尾。

然後，這副模樣的她對我眨了眨眼。

「請……請教導艾莉絲學習魔法喵☆」

★　★　★

唔！

我是在作夢嗎？剛剛好像失去意識，還作了一場惡夢。

「讀寫就不用了喵☆」

嗚哇啊啊啊啊不是夢！

怎……怎麼回事！發生什麼事！

次元連結系統運作了嗎！（註：「次元連結系統」出自漫畫《冥王計畫傑歐萊馬（冥王計画ゼオライマー）》）

既然這樣，趕快開發二次元連結系統，帶我前往動畫的世界！

「算術也不用了喵☆」

總……總之好恐怖，非常恐怖。

明明姿勢本身非常可愛，但我只覺得恐怖。

嘴上帶著笑容但眼裡沒有笑意，那根本是捕食者的眼神。

是說，這難道是這個世界裡「拜託人的正式態度」嗎？

怎麼可能會這樣……

「只要教我魔術就好了喵☆」

別開玩笑了！

這反而比剛才還更惡劣。

請看看艾莉絲的表情。

不但已經因為憤怒而面紅耳赤，而且那張臉就像是在表示，要不是現在處於這種狀況，我這種人早就被她用虎上切從地獄盡頭打向天國了！

八成憤怒，兩成屈辱，害羞成分根本是零啊……

一點都不可愛！

紹……紹羅斯老先生，請你狠狠教訓她吧。

「喔喔～小艾莉絲真可愛。你當然會答應吧，魯迪烏斯？」

眼前只有一個開心到臉都垮了的和善爺爺。

這誰啊！

剛剛還很嚴格的可靠叔公到底跑哪裡去了！

「大老爺非常喜歡獸族，僱用基列奴大人時也做出了關鍵性的決定。」

這時，管家很親切地提供這種情報。啊～原來如此嗎？腦袋旁邊的那兩條髮辮就等於是耳朵嗎？聽他這樣一說，的確有點像下垂型的耳朵。女僕中也有很多獸族人士嘛。

嗯～嗯～原來如此～

呃……

「艾莉絲。」

這時，艾莉絲的父親登場！

哦哦，你也在場嘛！好，拜託你嚴厲訓斥她吧，菲利普先生！

「妳應該要更用力扭腰，擺出更可愛性感的動作才行啊。」

啊，這邊也靠不住。

ＯＫ，原來如此。我明白了。

包括保羅在內，所謂的格雷拉特家全都是這種人。

保羅反而算是比較正常的那一類嗎？

「那個，紹羅斯……大人，我可以請教一件事情嗎……？」

「什麼事！」

「男……男性在拜託人時也是要用這種方法？」

「你白痴嗎！男人就要像個男人啊！」

雖然我也不懂是怎麼回事，但總之遭到斥責。

沒錯，講到性方面的喜好，保羅是最正常的一個。

因為那傢伙只不過是喜歡巨乳。

不……不過我要冷靜，好好冷靜思考。

對我來說，這樣到底是好是壞？

「…………盯～」

我再度以冷靜態度觀察艾莉絲。

表情顯示，她已經快要因為屈辱和憤怒而忘我。就像是咬住鐵欄杆的獅子……

不過，如果不考慮以後的問題，這樣應該也不錯吧？

不對，等一下，要反向思考。就是要考慮以後的問題。

沒錯，艾莉絲討厭這種行為！

她反對這個習俗！

假設今後當我跟她兩人獨處時，如果我要她用這種方式提出請託。

說不定……幾分鐘以後就會出現一個受到慘痛教訓的小嘍囉（我）。

好，要反向操作。我要讓他們放棄這個習慣！

「這是拜託別人時該用的態度嗎！」

我的怒吼在整個宅邸裡迴響。

之後，我開始一場耗時長久的大型演說。

最後我的熱誠終於打動他們，這個伯雷亞斯式的「請託方式」遭到全面廢止。

我獲得了基列奴的稱讚，但不知為何，艾莉絲卻以冰冷的眼神看著我。

第三話「凶暴性質尚未衰退」

我成為家庭教師後過了一個月。

艾莉絲很快就成了拒絕聽課的小孩。

一到算術和讀寫的時間，她就會失去蹤影完全找不到人，直到要開始劍術訓練的時間才會現身。

當然也有例外。

只有魔術課程她願意認真聽課。

第一次用出火球（Fire Ball）時，她以非常開心的表情手舞足蹈。

看著迅速延燒的窗簾，艾莉絲如此宣告：

「總有一天，我要放出跟魯迪烏斯一樣的大煙火。」

當然，我立刻撲滅火勢，並嚴格命令她只有我在場時才可以使用火魔術。

被窗簾燃燒的火光照亮的她一臉滿足表情，怎麼看都像是個縱火狂，但的確充滿幹勁。這樣一來，其他科目應該也沒問題吧。

我原本這樣想，但不得不承認是自己的洞察力太差。

艾莉絲根本不願意接受算術和讀寫的課程。

就算我想勸告她，艾莉絲也會逃走。想抓住她就會先挨揍，然後被她逃掉。追上去之後就算回來，也會再打人然後再逃走。

明明她在之前的事件中應該已經明白算術和讀寫的重要性。

大概是真的很討厭這些事情吧。

向菲利普告狀後，他卻回答：「讓學生願意乖乖上課也是家庭教師的工作喔。」的確很有道理。

我決定尋找艾莉絲的下落。

雖然基列奴有認真聽講，但不用說，她只不過是附加品。

我不能只教導基列奴。

但是找艾莉絲沒那麼簡單。

才來這裡一個月的我，跟已經住了好幾年的艾莉絲。對土地的熟悉程度有很大差距，捉迷藏的結果更是不用說了。

至今為止的家庭教師好像也因此吃了不少苦頭。

不過，再怎麼寬廣範圍還是有限。聽說最後還是有成功找到人。

只是找到艾莉絲的教師每一個都被她擊垮。

一開始的家庭教師因此離職。

然而，其中好像也有反過來狠狠教訓艾莉絲的人。以暴力對抗暴力，這是我本來也想採取的手段。

然而那個教師卻在半夜睡覺時遭到艾莉絲拿著木劍偷襲，受到需要好幾個月才能治好的重傷並離職。

面對艾莉絲的夜襲和大清早狙擊，聽說只有基列奴成功反擊。

至於我，沒有自信能對抗她。

就算找到人，下場也只有會被送到醫院的話，我並不想找到。

我才不願意因為找到她而慘遭一頓毒打。

既然艾莉絲願意接受魔法課程，我想只教魔術就好。但是菲利普卻要求我必須也教導算術和讀寫，而且還要跟魔術同等水準。

他宣稱：「比起魔術，反而是算術讀寫更重要。」

的確很有道理。

或許乾脆讓她再被綁架一次會比較好。

學不乖的小孩需要受教訓。

正在如此盤算的我終於找到人了。

艾莉絲躺在馬廄的稻草堆裡，正露出肚子睡得似乎很甜。

「呼～……呼～……」

她睡得很熟，這張睡臉看起來宛如天使。

不過要是被這外表騙了，下場就是Devil Reverse。

當然是被惡魔（Devil）毆打然後吐血（Reverse）的意思。

不過，我也不能放著她繼續睡。

總之，為了避免她感冒，我把艾莉絲的衣服往下拉蓋住肚子。

順便揉揉胸部。

我內心的仙人如此評價：

「嗯，還只是AA而已，但是具備高成長率。只要努力提升，應該可以到達等級E以上吧。要每天揉一揉確定成長狀況喔，這也是一種修行。呵呵呵。」

謝謝您，仙人！

充分享受後，我低聲叫醒她：

「大小姐，快起來吧。艾莉絲大小姐，現在是非常有趣的算術時間喔～」

不起來嗎？真沒辦法～

不聽話的小孩就算內褲被脫掉，也是沒辦法的事情喔。

我正準備慢慢把手伸進那似乎很方便行動的長裙內……這瞬間——

「嗚！」

艾莉絲的眼睛突然睜開。

視線先看向我放在她腳上的手，再緩緩移動到我的臉上。

「嘰哩！」

伴隨著咬牙切齒的聲音，那原本沒睡醒的表情也突然變化成惡鬼。

HOHOHO
HOHO

（要……要被打了！）

晚了一拍，艾莉絲握起拳頭跳了起來。

要打臉嗎！這樣判斷的我連忙雙手交叉護住臉部。

「嗚喔……！」

但衝擊卻來自腹部。

她的拳頭深深打中我的心窩。

我痛苦地雙膝跪地。

還不到吐血(Reverse)的程度，只有到惡魔(Devil)而已。

「哼！」

接著艾莉絲又哼了一聲，然後踹我一腳。

大小姐從倒地的我身邊走過，離開馬廄。

★ ★ ★

無計可施。

我只好向基列奴求助。

保羅說基列奴連大腦也是以肌肉組成。這樣的她如果能提出學習算術和讀寫的理由，說服力肯定不同層次。艾莉絲應該也願意聽她的話吧。

我的考量就是如此簡單。

基列奴一開始擺出要我自己解決的態度，但我利用水魔術假哭懇求之後，她勉強同意。

真好對付。

那麼，就來看看她有什麼辦法吧。

我們並沒有特別討論，而是全交給基列奴處理。

她在魔術課程的休息時間採取行動。

「以前，我以為只要有一把劍就行。」

基列奴突然開始講起往事。

以前是個調皮小鬼的自己，還有願意接納自己的師傅。之後成為冒險者，第一次擁有同伴——漫長的前言結束後……只是很單純地在敘述她的辛苦過往。

「從事冒險者的那段日子，所有事情都是其他人幫忙處理。裝備、食物、消耗品、日常用品的買賣、契約書、地圖、指示牌，還有裝滿水的水壺有多重，如何確保火種，以及左手因為拿著火把而無法運用的問題等等……和同伴分開後，我才發現這些有多重要。」

基列奴似乎是在七年前和隊友們拆夥。

正確說法好像是因為保羅和塞妮絲結婚後躲進鄉下隱居，所以隊伍解散。

雖然我本來就隱約察覺有可能是那樣，但基列奴和保羅他們果然是隊友。

「雖然也有討論要不要靠剩下來的成員繼續活動，但是負責游擊的保羅和隊伍中唯一的治癒術師塞妮絲已經離隊，就算不解散，遲早也會各分東西。這是當然的發展。」

他們是六人隊伍。

成員有戰士、劍士、劍士、魔術師、僧侶、盜賊。

以職業來說，就是這樣的構成。

雖然當時還是劍聖，但基列奴擁有強大的攻擊力。

戰士（不認識的人）：坦。

劍士（保羅）：副坦兼攻擊手。

劍士（基列奴）：攻擊手。

魔術師（不認識的人）：攻擊手。

僧侶（塞妮絲）：補師。

看起來算是相當平衡。

順便說一下，所謂的「盜賊」似乎是雜務負責人員的總稱。

從開鎖、找出陷阱、設置帳篷到和商人交涉買賣等工作都得包辦，會由那種能識字腦袋又靈光，機靈敏捷的傢伙來擔任。

據說很多人都是出身於商家。

「至少稱呼那種人為『寶藏獵人』不是比較好聽嗎……」

我忍不住這樣說，但基列奴卻哼了一聲。

「那傢伙動不動就偷拿隊伍資金去賭博，叫盜賊就夠了。」

「要是被抓到，不會被其他人蓋布袋嗎？」

「不，因為那傢伙擁有賭博的才能，也經常贏錢回來，很少會輸到只剩一半以下。而且在資金不足時也懂得自我克制。」

原來是這麼一回事。

不過就算有時候會讓資金增加，為什麼他們能忍受那種行為呢……？實在難以理解。

雖然沒什麼好自誇，但只有賭博這惡習我到最後都沒染上。

不過呢，倒是在網路遊戲裡砸了十萬日幣以上。

算了，畢竟他們的隊伍裡面有保羅那種碰到女人就沒啥節操的傢伙，想來在道德方面並沒有那麼嚴格吧？

每個人都有不同的標準，有多少集團就會有多少規則。

「話說回來，劍士和戰士有什麼不同？」

我提出感到有點在意的問題。

既然同樣是前衛，應該沒有必要特地區分開來。

「武器是劍而且隸屬於三大流派，那就是劍士。如果不屬於三大流派，那麼即使用劍也是戰士；就算屬於三大流派，但武器不是劍，那就是戰士。」

「哦～原來劍士是特別的稱號啊。」

或者該說三大流派比較特別嗎？

基列奴打倒綁架犯時的劍技很驚人。

我連她拔劍的時機都沒能看清。

只看到基列奴似乎動了一下，對方的腦袋就已經落地。

事後我有請教過她，那似乎是被稱為「光之太刀」的劍神流奧義。

「那麼騎士又是？」

「騎士就是騎士，只要獲得國家或領主任命就是騎士。因為騎士具備教養，所以能識字也會算術，其中還有會使用簡單魔術的傢伙。不過，有很多騎士出身貴族，因此自尊心很高。」

是因為有去學校所以具備教養嗎？

「父親大人那時候還不是騎士嗎？」

「雖然我不清楚詳情，不過保羅自稱是劍士。」

「我還聽說過有魔法劍士……還是魔法戰士？」

「在能夠使用攻擊魔法的傢伙中，的確有人這樣自稱。無論是什麼職業，要怎麼自稱都是個人自由。」

「哦～」

艾莉絲睜著發亮的雙眼聆聽這些經歷。

她該不會過幾天就吵著要帶著我或基列奴前往附近的迷宮吧？

真讓人不安。比起那種冒險，我更想在女孩子簇擁下過著色色的生活。

啊，糟了。本來是希望基列奴能夠說明讀寫的重要性。

結果卻輸給自己的好奇心，把話題扯偏了。

失敗。

不過，該說是不幸中的大幸嗎？

從隔天起，艾莉絲也開始參加算術和讀寫的課程。

這都要歸功於基列奴。在那次之後，只要發生什麼，基列奴就會講述一些辛苦的經歷。

雖然每次都是讓人莫名胃痛的發展，但託她的福，艾莉絲似乎也總算認定算術讀寫是必要的知識。

不過呢，或許艾莉絲的心態只是因為能在課堂上聽到基列奴的有趣故事所以才來參加，不過只要結果好，那麼一切都好說。

雖然我有時候也會覺得早知道打從一開始就這樣做……不過要是沒有經歷過綁架事件，大小姐大概根本不肯聽我說話吧。

畢竟在那次事件之前，她看我的眼神就像是在看什麼垃圾。

所以那次事件並沒有白費力氣。

不管怎麼說，總之太好了。

★ ★ ★

一開始，我選擇四則運算的概念作為初期的上課內容。

基本上艾莉絲有上過學，而且也聘請過別的家庭老師，所以簡單的加法還不成問題。

「魯迪烏斯！」

「怎麼了，艾莉絲同學？」

我指了指用力舉起手的艾莉絲。

「除法這種東西有必要嗎？」

她無法理解乘法和除法的重要性。

而且，更大的問題是艾莉絲不擅長減法。

看起來是那種會因為位數改變的減法就直接放棄整個算術的案例。

「與其說是必要，還不如說除法只不過是和乘法相反的算法而已。」

「我是在問什麼時候會用到除法！」

「這個嘛，例如有五個人想均分一百枚銀幣時就會用到。」

「以前的教師也說過一樣的話！」

艾莉絲用力一拍桌子。

「所以說！我是想問！為什麼！有必要！均分嘛！」

沒錯，不想學的小孩就會扯這種歪理。

不過老實說，那根本不是重點。

「不知道耶，要問那五個人才知道答案。只是想要均分時，能使用除法就很方便。」

「你說方便，意思是不用也沒什麼關係吧！」

「如果不想用，那麼不要用也無所謂啊。不過呢，不想用跟不會用可是差很多喔。」

「嗚……」

妳不會嗎？只要這樣發問，自尊心強烈的艾莉絲就會閉嘴。然而，這樣並沒有完全解決問題。她果然還是會掰出什麼奇奇怪怪的歪理，試圖把狀況導向「不學算術也沒關係」的發展。

這種時候，只能靠基列奴出面。

「基列奴，妳以前曾經碰過因為無法均分所以很困擾的事情嗎？」

「嗯。以前曾經在迷宮裡丟了食物而決定回頭，卻在把剩下食物按照回程日數分配時失敗了。最後整整三天沒吃沒喝，我還以為會死。途中，因為實在餓到不行所以撿了魔物的糞便來吃，結果卻吃壞肚子。正在忍耐噁心感和腹痛、拉肚子等症狀時，周圍出現一大群魔物——」

讓人胃痛的故事持續了五分鐘。

我聽得臉色發青，但艾莉絲似乎覺得這是武勇的經歷。

她興奮得雙眼放光。

「所以我想學會除法，拜託你繼續上課。」

基列奴這麼一說，艾莉絲也跟著安分下來。

這一族從紹羅斯開始，似乎全都很喜歡獸族。雖然艾莉絲的態度並不是那麼明顯，但她也和基列奴很親近。

如果是基列奴講的話，艾莉絲就會乖乖聽從。

那種跟在姊姊後面，不管姊姊做什麼事情都要模仿的弟弟或許就是這種樣子。

「那麼，今天也要進行不有趣的反覆練習。把這上面的問題全部解開後請拿過來給我看。要是碰上不懂的地方，隨時可以發問。」

以這種感覺，狀況慢慢變得越來越順利。

★　★　★

基列奴作為教師也很優秀。

她會一一指出我的缺點，並提供建議。

保羅雖然也會指出缺點，但是只會說這裡不好或那裡不好，並不會告訴我到底該怎麼改善。

這一天，基列奴也讓艾莉絲和我拿著劍以實踐形式互相對戰，自己從旁指導。

「要記住往前踏出去的姿勢，也要仔細觀察對手。」

我的木劍被艾莉絲的木劍彈飛出去。

「如果比對手先往前踏，就要預測出對手的動作，並揮劍攻擊那裡。要是晚了一步，就要判斷出對手揮劍的軌道，避開半個身子的距離！」

我哪邊都做不到，被艾莉絲的劍狠狠擊中。

即使隔著在皮革裡塞了棉花的護具，也可以感受到沉重的衝擊。

「要從對手的腳步和視線來預測行動！」

又挨了一劍。

「魯迪烏斯！不要用腦袋思考！首先要思考如何搶在對手之前往前踏並揮劍攻擊！」

到底是該思考還是不該思考啊？

「艾莉絲！不可以停手！對方還沒有放棄！」

「是！」

各位可以明白雙方的差距嗎？

艾莉絲還有餘裕回答，我卻沒有。

這份餘裕化為結果確實顯現，我一直慘遭艾莉絲擊中，直到基列奴下令停止。

艾莉絲下手毫不留情，就像是在發洩上算術課時累積的鬱悶。

可惡。

不過，這一個月以來，我實際感受到自己的實力成長了好幾倍。

有艾莉絲這個程度和我差不多的對手也是有利因素之一。

凡事都一樣，如果身邊有同樣水準的人，就能加速自己的成長。

雖然艾莉絲的實力比我高了一些，不過和保羅與基列奴相比，這差距根本不算什麼。

是我能夠理解她在做什麼的水準。

一旦能夠理解，就會成為下一個課題。

剛剛是被那一招打倒，所以下一次要抱著警戒，以這種感覺行動看看吧。

能夠像這樣思考。

以前面對保羅時，因為程度實在相差太多，所以根本無法辦到那種事。我完全不懂對手做了什麼，只能在依然無法理解的狀態下被他打倒。

即使聽了建議，也會因為基礎能力相差太多，無法對他發揮效果。

所以，總是會對自己的行動產生懷疑。

即使是這種狀況，但多虧基列奴的教導方式很高明，所以現在能夠理解。只是基列奴也會同時教導回擊技或是對應法，所以在使用劍技時果然還是會產生猶豫。

不過，如果對手是艾莉絲，一點小花招或是動作上的小變化就能改變結果。

就算心裡仍有猶豫，但因為兩人的實力並沒有相差太多，所以還算能夠應付。

有時候才過一天就會變得沒有效果，或是艾莉絲又做出不同的動作，也有可能到今天就可以成功做出昨天還不會的事情，還是碰上昨天並沒有遭遇到的狀況等等……像這種小發現和變化一一累積，讓我們逐漸成長。

果然「競爭對手」這種存在很重要。

要追上，或是追過身邊的目標。

即使實際上只有一點點變化，但對於彼此差異並不大的當事者來說，卻是會造成被對手追過或是能重新搶回領先的大變化。

而且，這些變化會在不知不覺之間逐漸累積，讓我們慢慢變強。

當然，艾莉絲的成長速度比較快。

要是讓黑斑羚和獅子接受同樣的訓練，當然是獅子會比較強。

不過因為我從小就一直接受保羅的鍛鍊，所以還是會感到不甘心啦。

「魯迪烏斯還不行呢！」

艾莉絲雙臂環胸，俯視著面朝下倒在地上的我。

基列奴開口訓斥她的行為：

「別自以為了不起，艾莉絲妳學劍的時間比較長，而且年齡也比較大。」

只有在教導劍術時，基列奴會直呼艾莉絲的名字。

而且還表示無論如何都必須直呼才行。

「我知道！而且魯迪烏斯還會魔術！」

「沒錯。」

艾莉絲只承認我的魔術實力。

「不過，魯迪烏斯一旦受到攻擊，動作就會莫名變得遲鈍……」

「因為眼前的對手認真打過來會讓我覺得很可怕啊。」

我才這樣說完，腦袋就被艾莉絲打了一下。

「什麼啊！真是沒出息！就是因為這種樣子才會被瞧不起！」

「不，魯迪烏斯是魔術師，所以那樣也沒關係。」

然而基列奴卻立刻接了這一句，艾莉絲則以自以為了不起的態度點點頭。

「是嗎？那就沒辦法了！」

咦？我剛剛為什麼挨打啊？

「抱歉，我不知道該如何矯正腳會發軟的毛病，你自己想辦法解決吧。」

「是。」

目前無論面對誰都會腿軟，感覺還得奮戰很久。

「不過，接受基列奴妳的指導之後，我覺得自己進步很多。」

「因為保羅是感覺派啊，當然不擅長教人。」

感覺派！

啊，果然這邊的世界裡也有這種理論。

「感覺派是什麼意思？」

「遇到別人叫你做的事情，或是自己想做的事情，可以只靠『大概是這種感覺吧～』來做就能成功的人，就叫作感覺派。」

我回答艾莉絲的提問後，她不高興地嘟起嘴。

她大概也是感覺派。

「那樣不好嗎？」

這問題我很難回答。

既然現在是劍術課，還是讓老師來回答吧。

我看向基列奴。

「沒有不好。只是就算有才能，不使用腦袋思考就無法變強，也沒辦法順利教導別人。」

「為什麼沒辦法順利教導別人？」

「因為連自己也不理解自己到底在做什麼。而且，除非能理解一切，否則無法前進到更難的下一步。」
根據劍王等級高手的意見，到上級為止似乎都只是基礎和應用。首先要完美達成所有基礎，而且還要能夠根據狀況來適當應用，才有機會成為劍聖。
更高的境界則是需要毫不鬆懈的努力和才能。
結果還是要看才能嗎？
「我以前也是感覺派，但後來運用腦袋，確實建立理論之後才成為劍王。」
「真了不起。」
我率直地感到佩服。居然能改變自己習慣的做法，獲得成功。
這不是能輕易辦到的事情。
「魯迪烏斯不也是水聖級魔術師嗎？」
「我在那方面也正是感覺派啊……而且魔術和劍術不同，也有那種只要具備魔力就能辦到的部分。」
「唔，是那樣嗎……不過，基礎很重要喔。」
「我明白。或者該說，我之所以能成為聖級，是因為之前的師傅很會教。」
仔細想想，雖然嘴上宣稱基礎很重要，但我本身其實一直只注重「應用方面（無詠唱）」。
話說回來，基本上在魔術的基礎方面，到底有哪裡不足呢？
比起基礎，洛琪希在教導我時反而採取了積極往下一步前進的教法。

或者該說感覺她本身就是那種天才型，也許並不太重視基礎吧。

唔……

「我並不打算變那麼強，所以應該沒關係！」

我正在思考，艾莉絲突然挺著胸這樣說道。

聽到這句話讓我忍不住苦笑。

中學時代，我也講過一樣的發言。說自己並不打算成為第一名，所以沒有好好努力。

本來還覺得自己有義務糾正她這個想法……

「不過，我會好好加油，讓自己變得和基列奴還有魯迪烏斯一樣強！」

最後作罷。

她有明確的目標，和過去的我不一樣。

★★★

上午的課程和下午的劍術結束後，就來到空閒時間。

這天，我決定前往書庫。

因為艾莉絲和基列奴都擁有魔術教科書，所以我心想這裡說不定會有魔導書。

由於不知道地點，我請一位有狗耳朵的女僕小姐幫忙帶路。

「啊。」

途中，我遇到菲利普的夫人。

她叫作希爾達，是一位擁有和艾莉絲相同的紅髮，以及雄偉雙峰的人物。女兒的成長值得期待。

基本上，雖然曾經在他人介紹下打過照面，但是沒什麼機會接觸。

呃，我記得要把一隻手放到胸前……

「夫人，今天風和日麗……」

「嘖！」

我試圖致意，希爾達夫人卻咂了一聲當作沒看見。

保持動作的我在原地僵住。

「魯迪烏斯大人……」

「不，我不要緊。」

我舉起手制止想要安慰我的狗耳女僕小姐。

不過還是有點受打擊，她討厭我嗎？

我覺得自己什麼都沒做啊……

話說回來，她沒有艾莉絲之外的小孩嗎？

不，總覺得要是問了這個問題，就會跑出比艾莉絲更誇張的傢伙，還會讓我的工作量增加三～四倍。

我才不要自己找坑跳。

到達書庫後，菲利普也在場。

「你對書庫有興趣嗎？」

菲利普看我的眼神似乎在期待什麼。

「嗯，有點興趣。」

「那麼，你可以慢慢參觀。」

恭敬不如從命的我好好逛了一圈，不過很遺憾，這裡並沒有我想找的東西。

原本希望能像洛琪希那樣找到魔導書，不過只有禁止帶出的大量財政資料。世界上好像只有幾本魔導書，這裡似乎也沒有收藏。

事情果然沒那麼順利。

不過，我在角落發現好幾本這世界的歷史書，所以想找時間好好學習一下歷史。

★　★　★

一天結束後，我會在自己的房間裡準備隔天的授課內容。

主要是製作算術用以及讀寫用的練習問題。

還有閱讀魔術教本進行預習。

我的課程沒並沒有教學計畫。

萬一五年還沒過完就已經沒有東西可教會讓自己很困擾，因此課程的進展速度並不快。總之我的教育方針是要讓艾莉絲腳踏實地反覆練習，避免出現特別不擅長的部分。

在教導希露菲的時候也是這種感覺。

魔術的預習很重要。因為我平常根本沒在詠唱，所以把咒文全都忘了。

認真記住的詠唱咒文只有治療術相關和初級解毒魔術，至於攻擊魔術方面，我根本沒想過要背誦咒文。

這裡的魔術教科書和家裡那本是一模一樣的東西。

艾莉絲和基列奴也有一樣的教科書。

據說這本書是在約千年前出版以來，就一直是有著好幾百冊抄寫本的暢銷書籍。

聽說在這本書出版前，要學習魔術就必須跟著老師學習，但是很多老師的程度只是能使用全部的初級魔術而已，所以特地拜師卻無法學到什麼了不起知識的案例似乎很多。

就算現在已經成了暢銷書，但著作當時的數量很少，並沒有大量在市面上流通。而且就算有流通，對魔術沒興趣的人也不會去注意。

畢竟這世界似乎沒有印刷技術。

而這本書據說是從五十年前起，開始在市面上大量流通。

多虧這本無論是誰在哪裡都可以便宜買到的魔術教科書，讓魔術師的數量產生爆炸般的成長。

世界上掀起了魔術師風潮……雖然沒有那麼誇張，但據說在阿斯拉王國的貴族中，也有不少人會在教育過程中學習魔術。

不過，到底是因為什麼理由，魔術教科書才會增加呢……

這樣想的我翻到版權頁，發現上面寫著「拉諾亞魔法大學 發行」。

原來如此，真是高明的買賣……

我做著這些事情，擔任家庭教師的日子飛也似的過去。

名字：艾莉絲．B．格雷拉特。
職業：菲托亞領主的孫女。
個性：凶暴。
我方吩咐：也可以稍微聽聽。
讀寫：連家人的名字也會寫了。
算術：減法還很不妙。

魔術：**想要努力學習。**
劍術：劍神流・初級。
禮儀規矩：**也會一般的問候。**
喜歡的人：爺爺、基列奴。

第四話「職員會議與星期日」

又過了半年。
最近都很老實的艾莉絲又開始恢復凶暴。
怎麼了？為什麼？是哪個人做了什麼事嗎？
我本來很焦急，但察覺到一件事。
沒有休假。

★　★　★

吃過晚飯後，我把基列奴和教導禮儀規矩的老師請來自己的房間。

順便說一下，禮儀老師並沒有住在宅邸裡，而是從城鎮中的自家通勤，所以我是拜託管家傳話。

「首先……初次見面，我是魯迪烏斯·格雷拉特。」

「我名為艾德娜·列倫，負責教導艾莉絲小姐禮儀規矩。」

我把手放在胸前微微低頭敬禮後，艾德娜以高雅的動作回禮。

不愧是禮儀規矩的老師。

她是一位臉上細紋開始變明顯的中年女性。

有著一張柔和的圓臉，帶著和藹笑容，給人似乎很溫和的印象。

「我是基列奴。」

基列奴還是一身肌肉。

「請坐。」

我請兩人在椅子上坐下。

她們就坐後，我奉上由管家幫忙準備的茶水，然後進入正題：

「今天請兩位來的原因別無其他，就是想討論一下艾莉絲大小姐的授課計畫。」

「授課計畫？」

「是的。聽說以前都是採用早上是劍術，白天是自由時間，傍晚是禮儀規矩這樣的形式，應該沒有錯吧？」

「的確是如此。」

艾莉絲目前學習的科目包括讀寫、算術、魔術、歷史、劍術、禮儀規矩這六項。

換成現代講法，大概就是國語、算術、理科、社會、體育、道德吧？

由於沒有時鐘，所以並不是每堂課各上幾小時，而是以用餐和點心時間來分為早上中午下午傍晚時段，每天只上其中三個科目。

早飯↓上課↓午飯↓上課↓點心↓上課↓晚飯↓自由時間。

大概是這種感覺。

雖然沒有歷史老師，但菲利普似乎會抽空教導艾莉絲。

「因為我來此就職，所以連白天的時間也加入課程，現在能完整運用一天的時間。」

「是的，聽說大小姐的課業有長足進步，菲利普大人也感到很滿意。」

我想也是。

「的確看起來很順利，不過現在卻發生了問題。」

「問題？」

「是的，因為每天都在學習，讓大小姐累積了不少精神壓力。」

尤其是算術課時會特別明顯。

艾莉絲從頭到尾都處於煩躁狀態，只要碰上稍微困難一點的問題，就會拿我來發洩。實在非常危險。

不曉得什麼時候會被壓在地上痛扁。

真的非常危險。

「目前還勉強能夠應對，但不久之後或許會突然失控，或是出現逃課之類的行為。」

「哎呀……」

艾德娜舉手掩住嘴巴，以似乎很同意的表情點了點頭。

雖然我沒有參觀過禮儀規矩的課程，但艾莉絲有認真上課嗎？

我到現在還是不太明白為什麼艾莉絲會中意艾德娜。

「所以，我建議每七天就設置一天什麼課程都不上的日子。」

順道一提，這世界也有曆法，有幾月幾日的概念。

不過，並沒有「一星期」的用法。

一年中似乎有好幾次休息日，但是沒有所謂的「星期日」。

使用「七」這數字的原因，是因為對我來說比較好記。

而且不知道為什麼，在這個世界裡，七這個數字似乎很特別。

被視為吉利的數字，像劍術等的層級也是區分為七級。

「在剩下的六天裡，要進行讀寫、算術、魔術、歷史、劍術、禮儀規矩這六種科目。」

「我可以請教一件事嗎？」

「請說，艾德娜女士。」

「如果直接平均分配，六天中只能上三次禮儀課程，那麼薪水方面……」

「沒有問題。」

希望各位不要指責艾德娜居然只想著錢。

我自己也是為了錢才來當家庭教師。

艾德娜介意的重點，是「薪水會不會因為上課次數減少而跟著減少」的問題。

這部分我已經事先和菲利普商量過了，因此不會影響。

而且原本就採取月薪制度，就算連一堂課都沒上還是可以拿到錢。

當然，如果真的一堂課都沒上，下個月就會被解僱吧。

這種事情應該不必特別提醒也不要緊。要是連這種道理都不懂，那還是趁早解僱比較好。

「當然，我不會直接平均分配。我想讀寫和算術在七天中只要上兩次應該就夠了。劍術必須每天鍛鍊，否則沒有意義。魔術雖然也必須每天練習，不過一天能使用的魔力有限，因此不需要太長的時間。所以，我打算把剩下來的時間用來教導讀寫和算術。」

其實不是打算，而是從一開始就已經那樣做了。

「今天使用了X次水彈，Y次水落，那麼，還可以使用幾次水彈呢？」

就像這樣。X和Y則是在出題時會代入艾莉絲和基列奴實際使用的次數。

對於她們來說，比起在房間裡和數字大眼瞪小眼，這種做法似乎比較容易理解。

明明魔力的使用次數無法用肉眼辨識，所以難以得出正確的答案，但或許因為這是自己的狀況吧？

算了，心算這種東西也是越常練習就會越進步。

就把讓她們動腦當成目的吧。

雖然我打算過一陣子也要教導無詠唱和理科課程，不過這些可以等讀寫算術都到達一定程度之後再開始也不遲。

「雖然對艾德娜女士有點過意不去，但禮儀規矩的上課次數將會減少到每個月大概只有三～四次。」

「我明白了。」

艾德娜很爽快地點頭接受。

六天，總共十八個時段。

我把時段分配成「禮儀規矩：五」、「劍術：六」、「讀寫：二」、「算術：二」、「魔術：三」的形式。

雖然授課時間好像有點短，不過畢竟是以反覆練習為主，應該足以因應吧。

「還有，如果發生實在無法前來上課的情況，希望可以通知我一聲。」

「這意思是？」

「因為我隨時都在宅邸裡，要是有空檔，可以由我代為授課。所以，如果您想要長期休假也沒有問題。」

「我明白了。」

艾德娜一直保持笑容。

她真的有聽懂嗎……

「還有，我希望可以在每個月初舉行這樣的集會。」

「這是為什麼呢？」

「因為我認為如果我們這些教師能彼此配合，一旦碰上突發的意外事件，應該也比較容易應對。雖然也不是說非常必要……不過主要是為了提昇效率，還有以備萬一。這樣不妥嗎？」

「不。」

艾德娜露出溫和的微笑。

「魯迪烏斯老師明明還如此年輕，卻是真的很為艾莉絲小姐著想呢。」

她的眼神就像是在欣賞什麼很溫馨的場面。

……算了，也沒關係啦。

就這樣，「我本身」獲得休假。

★ ★ ★

第一個休假日到了。

我先向菲利普打了聲招呼，才準備外出前往城鎮。

結果，不知為何艾莉絲和基列奴卻在門口埋伏。

「你要去哪裡！」

由於是第一次的休假日，大小姐似乎有點坐立不安。

聽說這是她第一個整天都沒有安排行程的日子。

所以大概很介意我會在這種假日裡做什麼吧？

「要去羅亞市內 Let's 觀光。」

我「嘿！」了一聲，擺出動作。

「Let's 觀光……就是要去逛逛吧？一個人去？」

「看起來像兩個人嗎？」

「奸詐！我從來不曾一個人外出！」

不甘心的艾莉絲用力踏地。

「因為，大小姐要是一個人外出就會被綁架啊。」

「魯迪烏斯你明明也被綁架了！」

噢，對耶。

雖然那時候是跟著艾莉絲一起被擄，但我也被視為格雷拉特家的一員，所以要是被綁架，也有可能會付出贖金……

「因為我就算被綁架，也能夠自己逃回來啊。」

我哼哼笑了之後，艾莉絲舉高拳頭。我反射性地做出防御動作，但是並沒有遭到攻擊，真難得。

她只是雙臂抱胸，從上往下看著我。

「我也要去！」

艾莉絲似乎是決定這樣反應。

至今為止，她都會先打人才講這句話。

這樣看來，大小姐也成長了呢……雖然程度很輕微。

「那，就一起去吧。」

「可以嗎？」

當然，我沒有理由拒絕。況且比起單獨行動，兩個人比較安全。

「基列奴也會一起去吧？」

「嗯，我的任務是大小姐的護衛。」

會議時，基列奴也無法理解「假日」這種概念。因此，我建議她可以一如往常緊跟著艾莉絲就行了。

反正她本來就是被請來當護衛，應該沒啥問題。

「你等一下！我馬上就會準備好！阿爾馮斯～！阿爾馮斯～！」

我目送艾莉絲吵吵鬧鬧地跑回宅邸內。

嗓門還是這麼大。

「魯迪烏斯。」

聽到基列奴叫我，回頭一看，她已經來到我身邊。

我抬頭看向她，由於基列奴的身高接近兩公尺，即使我長高大概還是得抬頭吧。

「不可以過於相信自己的力量。」

她給了我一記確實的事前警告。

大概是因為我之前說自己有辦法逃回來吧？

「我知道，我只是想激發大小姐的幹勁而已。」

「這樣啊，要是發生什麼事就叫我，我會去救你。」

「嗯，到時我會再射出一發大型煙火。」

這時，我突然回想起上次被綁架時的狀況。

「……妳之前有和大小姐說過類似的話嗎？」

「嗯？是說過，然後？」

「最好補充說明下次如果又遇上危險，只有待在妳能聽到聲音的地方才可以大叫求救。」

「我明白了，不過為什麼？」

「之前被綁架時，大小姐因為一直大叫所以差點被犯人殺掉。」

「……要是我有聽到，我就會去救你們。」

唔……

是啦，那時基列奴也真的來得很快。我放出煙火後，才過短短一分鐘她就來了。

只要是在她聽得到的範圍內，不管在哪裡基列奴都會趕來吧？聽力似乎也很靈敏。

而且，當初艾莉絲求救的對象並不是菲利普也不是紹羅斯，而是基列奴。

她真的很可靠。

「必須告訴艾莉絲，在有些狀況下不能亂叫。」

我們正在討論這個話題，艾莉絲回來了。

大概是換上了外出用的服裝，這件衣服我沒看過。

「今天的大小姐很可愛呢。」

「……哼！」

稱讚她的服裝後，我的腦袋被打了一下。

這到底是怎樣……

★
★
★

菲托亞領地的要塞都市羅亞在這一帶是最大的城鎮。

不過呢，要是以面積來看，位於廣大田園地帶的布耶納村還比較大。

即使走出城門繞外牆走一圈，大概也只要兩小時左右就能走完。

然而，這裡的規模其實很大。

畢竟是用高約七～八公尺的外牆把整個城鎮都圍住。

因為不是一個完美的圓形，而是會根據地形有凹有凸，所以無法得知正確的長度，不過涵蓋面積大概有三十平方公里吧？雖然以日本人的感覺來說根本不算大，但還是可以理解要製作出這種規模的城牆並不是那麼簡單的事情。

是不是有能夠製造出城牆的魔術呢？

如果有，一定是王級或帝級吧。

或者只是大略製造出磚石後，再以人工堆疊而成呢？

我邊想著這些邊通過有錢人的住宅區，來到有許多行人的廣場。

這附近是商業區域。

靠近貴族區域的這一帶雖然有很多高級商店，但也有一些零星的攤位。
去逛了一下，似乎是在販賣一些比較高價的商品。
「歡迎，少爺，小姐！慢慢逛啊！」
既然道具店大叔講了這種像是ＲＰＧ的台詞，那我也不客氣地一個個確認商品。
然後，在紙上記錄商品和價錢。
老實說，全都是一些可疑的玩意兒，到底要賣給誰啊？
嗯？媚藥是十枚金幣。
……筆記筆記。
「這什麼文字！根本看不懂嘛！」
艾莉絲突然在我耳邊大叫，鼓膜好痛。
我轉頭一看，她的臉就貼在旁邊，看來她是從我背後探頭偷看。這麼近觀察，可以發現艾莉絲也是個很高水準的美少女，五官都很深邃。
順便講一下，筆記上寫的是日文。
「因為這是筆記，我自己能看懂就好了。」
「快點告訴我你寫了什麼啊！」
大小姐太蠻橫了，不過，其實也沒什麼好隱瞞。
「是商品的名稱和價錢。」

「調查這種東西有什麼用！」

「調查行情是網路遊戲的基本啊。」

「網路……那是什麼？」

我想即使用嘴巴解釋她也無法理解，因此指向一件商品。

那是個小小的裝飾品。

「請看看那個。在剛剛那攤位上賣五枚金幣的東西，在這裡卻只賣四枚金幣加五枚銀幣呢。」

「哦？少爺，你的眼光不錯！我這裡比較便宜！」

我無視大叔的發言，轉向艾莉絲。

「艾莉絲，如果在這邊努力殺價殺到三枚金幣，再回到剛剛的店裡以四枚金幣賣出的話，可以賺多少錢呢？」

「咦！呃……五減三再加四……六枚金幣！」

這是怎麼算的？

「錯！正確答案是一枚金幣。」

「我……我知道啊！」

艾莉絲嘟起嘴把臉轉開。

「真的嗎？」

「要……要是一開始就有十枚金幣，就會變成十一枚吧！」

哦？正確答案……不對，她只是加一而已吧？

算了，還是稱讚她吧。艾莉絲的自尊心很強，要稱讚她才能進步。

「嗯，這次是正確答案。哎呀~艾莉絲真聰明。」

「哼！那當然！」

大叔擺著苦瓜臉旁聽我們的對話。

「我說少爺，那樣叫作轉賣，不是什麼受肯定的行為，千萬不可以做喔。」

「我當然不會那樣做。如果真要行動，大概只會去告訴對面攤位說這裡賣四枚金幣，然後賺個一枚大銅幣當情報費吧。」

大叔的臉色更加難看。

於是他向我們背後的基列奴求救，但她正在很認真地聽我說話。

或許是領悟到講什麼都是白費力氣，大叔聳聳肩嘆了口氣。

抱歉，反正我們打算只看不買，就別那麼計較吧。

「即使不打算做買賣，也必須知道各種東西的價錢。」

「所以說知道又能怎麼樣嘛！」

「例如說……不需要前往商店就可以大略計算。」

「所以說那樣有什麼用嘛！」

有什麼用喔……呃，例如要轉賣時可以算出大致上會賺多少……嗯？

好，這種時候就要靠基列奴。

「基列奴妳認為會有什麼用？」

「……不，我不懂。」

咦？真的假的……不懂嗎？我還以為她會知道答案。

算了，反正也不是在上課。

「這樣啊，那麼或許這種行為真的沒什麼用。」

再怎麼說都只是我自己在研究。

即使她們無法理解也無所謂。

要是發現市場，首先要調查市場內商品的行情。我在網路遊戲中一直都這樣做，應該不會有錯。只是，這是我第一次親自進入市場調查，所以無法確定到底有沒有意義。

「明明可能沒有用，為什麼要做！」

「因為我覺得可能會有用啊。」

艾莉絲露出無法認同的表情。

不過我也不是什麼問題都能夠回答，妳偶爾也該自己動動腦吧。

「妳自己思考看看。要是覺得有用，可以模仿我，要是覺得沒用，就指著我嘲笑吧。」

「那我選笑人的那一邊！」

「啊哈哈哈哈！」
「你為什麼自己笑了！」
我被打了，嗚嗚。

★★★

在那之後，我們在附近又逛了一下，確認完各個攤位。
至於那些光鮮亮麗的高級商店門檻太高所以自動迴避，往城鎮的更外圍移動。
稍微走一點路之後，販賣的商品內容整個變了。
價錢也從大約五枚金幣下降到一枚金幣左右。
還是很貴，沒有我買得起的東西。
不過，周圍的行人增加了。
從貴族風格的人到像是冒險者的人都有。商人也努力推銷，感覺相當有活力。或許是因為一枚金幣上下是雖然有點偏高卻勉強還能出手的價格吧？
我正在寫筆記，這時突然注意到一間店。
那是書店。

我晃了進去。

店裡很冷清，就像是在一間以色情書籍為主的店鋪裡來到一般書籍區域的感覺。

書架共有兩個，相同名稱的書大概都放了兩～三本，一本書大概是一枚金幣上下。

剩下的空間則是使用上鎖的陳列櫃來擺放書籍。

這些書的平均價格是八枚金幣，最貴的是二十枚金幣。應該是重點商品吧。

「……呼啊～」

老闆一看到我，就看穿我只逛不買，因此打了個呵欠沒打算招呼。

然而，當我開始把書名一個個記下來後，老闆換上詫異的眼神。大概是擔心我會不會偷偷抄寫書籍的內容吧？

別擔心～我沒有去碰這些書～也不會偷偷抄寫～

我擺出這種態度，從書架旁邊退開。

這時，我不經意地望向陳列櫃，發現那裡有一本自己看過的書籍。

「植物辭典，七枚金幣……」

是塞妮絲在我五歲生日時送我的書。

好貴～如果假設一枚金幣相當於十萬日幣，這本書可要價七十萬啊！

我娘到底有多亂來……

「唔。」

果然辭典都很貴，雖然我很想看看《希格的召喚魔術》，但是要十枚金幣。月薪兩枚銀幣的我完全買不起。

順便說一下，最貴的書是《阿斯拉王宮宮廷儀式》，但這本書我不需要。

「你為什麼一副很想要的樣子！」

這時，艾莉絲對我搭話。

不知何時她也跟進店裡。

大概是因為我光看沒有筆記，所以她也感到在意吧？

「不，我只是在想有沒有什麼有趣的書籍。」

「我聽說了喔！你喜歡書？」

「誰告訴妳的？」

「父親大人！」

是菲利普嗎？畢竟我有拜託他讓我參觀書庫嘛。

「要……要不然我也可以買一本送你！」

「講得這麼容易……艾莉絲妳有錢嗎？」

「祖父大人會幫忙出錢！」

我想也是。

不能讓她老是這樣撒嬌，必須教會她確實理解金錢有限的道理。

雖然我很想要書……真的很想要！

「不需要。」

「為什麼！」

艾莉絲嘟起嘴巴。

這是不高興的表情。要是繼續惡化，就會以惡鬼般的樣貌毆打我。

所以，目前還沒問題，她還有理性。

「因為那不是艾莉絲妳可以自由運用的錢。」

「什麼意思！」

艾莉絲皺起眉頭。因為她聽不懂，所以也越來越煩躁。最近，我總覺得自己似乎能看到艾莉絲的怒氣電壓表。

該怎麼說明才好呢？

而且，讓貴族家小姐學會使用金錢的方法，有什麼意義嗎？

算了，順其自然吧。

「妳知道教導妳可以讓我每個月拿到多少錢嗎？」

「……差不多金幣五枚吧？」

「是銀幣兩枚。」

「太少了吧！」

艾莉絲大叫。老闆板起臉像是覺得很吵，真不好意思。
「不，我沒有實際成績，年紀又小，這應該是妥當的金額。」
而且還有要幫我負擔魔法大學學費的附加條件。
「可……可是基列奴說她是拿兩枚金幣……！魯迪烏斯你明明教導我更多東西啊！」
「基列奴有實際成就，而且還擁有劍王這個頭銜。另外，她也兼任妳的護衛，薪水當然會比較高。」
我想基列奴的薪水會這麼高，大概也和伯雷亞斯．格雷拉特家的不良傳統有關吧？感覺這一家會做出「對獸族女性將提供特別待遇！」之類的安排。
「那……如果是我呢？」
「大小姐不會魔術也不會劍術，再加上沒有實際成績。就算薪水的價錢給得再好，一枚銀幣也已經是最大極限了吧。」
「唔……」
雖說是極限，但艾莉絲其實連零用錢都沒有。
「請妳能夠自己賺錢之後，再說那種要買什麼東西送哪個人的發言。」
「我知道了……」
艾莉絲難得如此沮喪，要是平常也都是這樣，那可就輕鬆了……
「嗯，回家之後，我會試著拜託菲利普大人給妳零用錢。」

「真的嗎！」

艾莉絲用力抬起頭。

可以感覺到她對我的好感度提昇了……

畢竟不給錢而直接給想要的東西，也是一種太寵小孩的行為。

稍微給一點錢並讓她學會如何運用，應該是比較好的做法吧。

我記下特別的書名後，離開這家書店。

今天一天，讓我大致確定自己想要的東西以及價錢。

★★★

踏上歸程時，天空出現一片美麗的彩霞。

無論是哪個世界，晚霞看起來似乎都差不多。

我帶著這種想法抬頭望向天空，空中卻浮著一座城堡。

混在雲層裡，有點若隱若現，但是卻昂然存在。

「哇！」

嚇了一跳的我伸手指向天空。

周圍的人往我指的方向看了一眼，立刻失去興趣。
咦？大家看得到吧？
只有我嗎？看得到天空之城拉〇達的人只有我嗎？
爸爸是騙子嗎？（註：動畫「天空之城」裡的主角台詞）
「你第一次看到那個嗎？那是『甲龍王』佩爾基烏斯的空中要塞。」
基列奴回答了我的疑問。
原來妳知道嗎，雷……基列奴！（註：出自漫畫《魁!!男塾》）
話說回來，那是空中要塞啊……哇，好帥啊～
「佩爾基烏斯是什麼？」
「你應該有聽說過吧？」
好像有點印象，但想不起來。
「是什麼啊？」
基列奴露出有點驚訝的表情，才思索起要怎麼回答。
這時，艾莉絲來到我前方，雙臂抱胸並大搖大擺地站著。
「我好心告訴你吧！」
「麻煩了，請告訴我。」
「好！佩爾基烏斯就是打倒魔神拉普拉斯的三英雄之一！」

艾莉絲挺著胸膛回答。

魔神拉普拉斯……咦，好像在哪裡聽過……？

「據說佩爾基烏斯非常強！他率領十二名僕人，使用空中要塞闖入拉普拉斯的根據地！」

「哦～那真是了不起。」

「對吧！」

「大小姐真是博學多聞呢，謝謝妳。」

「哼哼！原來魯迪烏斯也還不行呢！」

要是提出什麼更進一步的問題，一定又會挨打。

我這人也懂得記取教訓。

所以，我等回到宅邸後才自己展開調查。

向菲利普請教過後，他回答家中應該有相關書籍才對。

在我開口拜託之前，管家就已經幫我找到並送來。

不好意思麻煩了。

直接說結論，其實是布耶納村老家就有的書。

《佩爾基烏斯的傳說》。

我還以為那一定是童話呢，看樣子似乎是史實。

《佩爾基烏斯的傳說》這本書的內容大綱是這樣：

「甲龍王」佩爾基烏斯。

沒有人知道他在哪裡出生，哪裡長大。

當時還年輕也尚未出名的龍神烏爾佩帶著他來到冒險者公會……這就是最古老的紀錄。

佩爾基烏斯很快就展現出自己的實力，和龍神烏爾佩、北神卡爾曼以及雙帝米格斯、格米斯等人組成隊伍，打敗了所有敵人。或許是因為他就像是烏爾佩的小弟，不知不覺間，人們都以古老傳說中的龍神屬下「五龍將」名號之一的「甲龍」來稱呼佩爾基烏斯。

在拉普拉斯戰役中，他的實力也充分發揮。

佩爾基烏斯使用自己擅長的召喚魔術，創造出十二個使魔。

空虛、暗黑、光輝、波動、生命、大震、時間、轟雷、破壞、洞察、瘋狂、贖罪。

他控制擁有這些別號的最強使魔，讓古老的空中要塞「Chaos Breaker」復活，和拉普拉斯展開決戰。然而，他的力量還是差了一步，無法完全消滅拉普拉斯，最後只能以封印的結果告終。

然而，見識到他的力量和空中要塞（Chaos Breaker）的威嚴外貌後，人們開始稱呼佩爾基烏斯為「甲龍王」。

阿斯拉王國為了頌揚他的功績，在戰爭終結的同時也宣布了新的年號。

就是現在的「甲龍曆」。（順便一提，現在是甲龍曆四一四年。）

「甲龍王」佩爾基烏斯並沒有以君王之姿支配或統治天下，只是控制著空中要塞在世界各地的空中巡迴。

沒有人知道他的真正想法。

是說，都已經四百年了……這個人真的還活著嗎？

應該不是沒有主人的城堡自己到處亂晃吧？

不過，真希望有一天能上去看看。

★ ★ ★

隔天。

艾莉絲的心情可以說是好到最高點。是因為她第一次玩了一整天嗎？還是因為她平常頂多只能去那些高級商店呢？

不管原因是哪邊，果然安排假日似乎是正確的做法。

「你要再帶我出去玩喔！」

她又雙手抱胸，大搖大擺地站著。

雖然這是常見的招牌站姿，但她的雙頰卻有點泛紅。

這紅暈的原因到底是什麼呢……？
是憤怒？還是屈辱……
咦？害羞？怎麼可能，這可是那個艾莉絲耶。
「呃……」
我正猶豫著不知道該如何回答，艾莉絲突然狠狠咬牙。
接著，她用雙手抓起頭髮，把腰部往外挺……
「請……請帶我去喵……」
「好！我會帶妳去，我真的會帶妳去，別那樣做！」
我趕緊阻止她。
那動作的確很可愛，但是對心臟太有害了。
總覺得讓艾莉絲做一次就會累積一次罪業，而這些罪業必須用挨打來清算。
「哼！你明白就好！」
艾莉絲放手讓頭髮整個披散下來。
在長度及腰的紅髮輕飄飄地整個掉下來之前，艾莉絲已經一屁股坐到桌上。
「好啦！繼續上課吧！」
「今天很有幹勁呢。」
「反正，你一定會說我不聽話就不帶我出去吧！」

哦？大小姐居然這麼聰明？

「正……正是那樣，只要妳乖乖聽話，我就會再帶妳出門！」

我一邊覺得很感動，同時完成這天的課程。

名字：艾莉絲．B．格雷拉特。

職業：菲托亞領主的孫女。

個性：有點凶暴。

我方吩咐：願意聽聽。

讀寫：閱讀方面還頗有進步。

算術：位數改變的減法也沒有問題。

魔術：學習初級中。

劍術：劍神流．初級。

禮儀規矩：也會一般的問候。

喜歡的人：爺爺、基列奴。

第五話「大小姐十歲」

過了一年。

艾莉絲的教育很順利。

她在劍術方面似乎擁有不錯的素質，十歲前就已經成為中級。

所謂中級，就是實力能和一般水準的騎士相抗衡的水準。根據基列奴所說，艾莉絲應該能在幾年內就提升到上級。明明才九歲……我們家的大小姐難道是天才嗎？

問了「那我呢？」之後，基列奴轉開視線。

看來我沒有劍術的才能。

在讀寫方面，艾莉絲也還算是有點成果了。

畢竟基列奴說要是不識字就什麼都做不到，會被很多惡人欺騙，甚至最後還會被當成奴隸賣掉，也難怪艾莉絲拚命去學習。

只是，算術方面的成長很慢。她實在不擅長算術。

其實沒什麼好著急。雖然不知道艾莉絲以後會從事哪方面，但這個世界並不需要高階的數學。所以我想花個五年來熟悉四則運算應該就差不多了。

魔術也算順利，但覺得有點碰上瓶頸。

靠詠唱施展的初級魔術幾乎都能用了。

艾莉絲除了土以外，其他系統幾乎都已經學會；相較之下，基列奴卻只會火系統。明明接受同樣的課程，為什麼會出現差距呢？水、風、土是基列奴不擅長的系統嗎？

會讓她不擅長的過去插曲實在太多，讓我找不出原因。

總之，魔術似乎並不是按照教科書上面寫的咒文詠唱出來就能夠使用的東西。

關於這個部分，由於我本身也不是歷經一番努力才終於記住，所以實在無解。

另外，我最近有讓她們練習無詠唱，但成效不彰。當初希露菲很快就會了，是年齡的問題嗎？還是因為希露菲擁有特別的才能？

說不定我是在讓她們浪費時間力氣，是不是乾脆進階到中級會比較好？

不過，基列奴和艾莉絲都是劍士。

充分掌握能運用到雜事上的初級魔術應該比較有效吧。

那麼，維持現狀就好了。

總有一天她們一定能學會……希望如此。

★ ★ ★

艾莉絲的十歲生日快要到了。

十歲是特別的生日。

貴族有個習慣，會在五歲、十歲、十五歲生日時舉辦大規模宴會並熱烈慶祝。

艾莉絲生日那天，宅邸的大廳以及通往大廳的中庭都會開放。

還會收到領地各處送來的禮物，並邀請城鎮裡的貴族前來。

由於紹羅斯是個不講究的武官，當初進行的計畫是要採用沒規矩的自助吃喝形式。後來是因為菲利普提議要讓附近的中級貴族也便於參加，才變更為舞會形式。

那天，宅邸裡的人們正為了準備宴會而忙得團團轉。

可以看到有狗耳朵的女僕在走廊上奔跑。

一般來說，女僕應該會被嚴令禁止奔跑，但這個家似乎果然很特殊，忙碌的時候連女僕也照跑不誤，而且是全力衝刺。要是在轉角撞上轉學生，搞不好會被撞飛到星星的另一端。

為了避免擋到路，我沿著走廊邊緣前進。

沒有特別的目的地，畢竟我只是在散步。

對，散步。

這種慌亂氣氛和我沒有關係。

這幾天，身為宴會主角的艾莉絲正在接受禮儀規矩的特訓，所以沒有安排其他課程。

菲利普雖然只有希望「至少要像一般的十歲小孩，訓練到不會丟臉的程度」，然而就連這種程度似乎也有困難，一臉疲勞的艾德娜提出了大幅增加課程時間的要求。

我也答應她的要求，於是最近都是由艾德娜陪在艾莉絲身邊進行一整天的訓練。

因此，我現在很閒。

基本上，我似乎也要以食客之一的身分參加宴會，但再怎麼說這次畢竟是艾莉絲的生日。

我應該不需要做什麼，只要待在角落裡吃東西就可以了吧。

沒有特別該做的事情。

雖然覺得既然有空，大可以做一些自己的事，不過每天都自我練習果然還是會讓人感到做膩了。

而且，我也想在似乎很忙亂的宅邸裡四處走走看看。

這是我第一次參加這種大規模的活動。

如果有必要，其實也可以待在哪個部門幫忙什麼工作。

話雖如此，我能幫忙的事情大概只有負責試吃料理吧。

「話說回來，這邊的生日裡會有蛋糕嗎？」

在布耶納村時並沒有蛋糕。

據說好像存在，但我沒有實際看過。

偶爾也想吃點甜食。

抱著這種想法的我走向廚房。

雖然只要找個女僕來問就知道有沒有蛋糕，不過所謂散步就是要走路才算數嘛。要是運氣好，或許還可以拿到生日宴會用的試作料理。

嗯，或者該說，其實我餓了。

午飯時間還沒到嗎？

當我正在思考這種事情……

「已經夠了！」

眼前的門突然被粗魯打開，艾莉絲從裡面衝了出來。

肩膀上散發著怒氣的她以非常驚人的速度衝過走廊，最後在轉角處消失。

有個人追著她從房內出來，那正是艾德娜。

「大小姐……！」

她在走廊上左右張望，發現找不到艾莉絲的身影後，重重嘆了口氣。

「唉……」

嘆氣嘆到一半，她似乎發現我也在場。

於是露出了有氣無力的笑容。

「哎呀，魯迪烏斯老師……」

這笑容就像是在表示，拜託你聽我訴苦吧。

難得看到艾德娜露出這種表情。

「您辛苦了，艾德娜夫人。」

「不好意思，讓您看到這種難看的場面。」

我舉起一隻手靠了過去，艾德娜則優雅地行了一禮。

她的動作真的非常洗練。

我也把舉起來的手放到胸前，慢慢地正式回了一禮。

「發生什麼事了？」

「這個……講起來丟臉，其實是大小姐跑了。」

嗯，我有看到所以很清楚。

艾莉絲的逃跑行動真的很驚人，轉眼間就會消失無蹤。雖然我也很擅長逃走，但還沒到達那種境界。

艾德娜似乎很困擾地把手靠在臉頰上。

「其實我最近正在教導大小姐跳舞，但看起來怎麼做都不順利，所以這幾天只要一開始跳舞練習，大小姐就會立刻逃去哪個地方躲起來。」

「哎呀，那真是辛苦啊，我非常能體會您的感受。」

因為我上課時她也經常逃走。

艾莉絲抱持的主義是「討厭的事情就不要做」。

艾德娜也真的很辛苦，畢竟要抓住逃走的艾莉絲並不容易。

「……到生日為止，剩下的時間還不到一個月。要是再這樣下去，大小姐會在眾多賓客面前大大出糗。」

聽艾德娜的語氣，她似乎覺得事態嚴重。

不過，說真的早就已經出糗了吧？因為艾莉絲在這一帶，向來被視為是暴力世界的生物。只不過是無法在眾人面前跳舞，這點程度哪有什麼好丟臉。

「明明是難得的十歲生日，居然要成為遭人嘲笑的對象……再怎麼說也太可憐了。魯迪烏斯老師不這麼認為嗎？」

艾德娜很刻意地看了我好幾次。

如果有話想說，真希望她能直接講出來。

「換句話說，您希望我做什麼呢？」

「……那個，能不能請魯迪烏斯老師也幫忙說服艾莉絲小姐？讓她願意回來練習跳舞。」

結果是這麼一回事。

★★★

為什麼我會接下這個委託呢？

雖然也可以說是因為反正很閒，不過艾德娜的發言也有打動我的部分。

「在十歲的生日成為遭人嘲笑的對象，實在太可憐了。」

在這個世界，有每五歲就要盛大慶祝的習慣。

所以是五歲、十歲、十五歲。

總共只有三次機會。

要是這個值得紀念的日子卻充滿苦澀的回憶，未免太過悲傷。

明明只要稍稍努力就能成為非常快樂的回憶，卻因為只是略微沒做好就成了一場悲傷往事。

就像我自己，要是當初在國中時代有稍微用功一點，應該能夠進入別的高中就讀，就不會碰上那麼悲慘的遭遇，大概也不會成為家裡蹲。雖然我不認為艾莉絲會像我一樣成為家裡蹲，但還是有可能成為負面回憶，並在將來一直造成不良影響。

這樣想的我決定幫忙尋找艾莉絲。

幸好，我很快就發現她的下落。
她仰躺在馬廄後方的一大落乾草堆上。
「哼。」
一看到我，艾莉絲就不高興地哼了一聲。
我爬上乾草堆，在她的身邊坐下。
「……聽說妳沒辦法順利跳舞……嗚喔喔！」
我突然被踹了下去。
勉強順利著地後，我回過身子擺出備戰動作。艾莉絲是那種一旦開始攻擊必定會使出追擊的類型，一旦沒好好防禦，後腦袋將會遭到雙腳飛踢痛擊。
我原本這樣以為，卻沒有遭到追擊。
艾莉絲依然躺在乾草堆上，抬頭望著天空。
「……」
我再度爬上乾草堆，在她的身邊坐下。
為了讓自己就算被踹也不要摔下去，這次我先用雙手緊抓住乾草。
結果，換成腦袋上方遭受衝擊。
「好痛！」
艾莉絲的腳後跟砸向我的頭頂。

不是那種能算上下劈踢擊的有威力招式，只是把腳放到我的頭上。

雖然心情好像很差，但似乎沒有什麼精神。

「……要不要回去練習呢？」

「跳舞根本沒有必要。」

我看了艾莉絲一眼，她還是望著天空。

「可是……」

「生日那天我也絕對不跳舞。」

艾莉絲表示明確的拒絕。

然而在舞會上，身為主角的她不可能不跳舞吧。

雖然我沒參加過舞會，不過，可以預測到屆時艾莉絲的下場一定是會受到一堆有的沒有的理由強迫，最後只能出面跳舞。

「為什麼必須去做自己做不好的事情啊！」

艾莉絲嘟起嘴，很不高興地這樣說道。

我能體會她的心情。

但是，要是在這裡逃避，說不定會讓她碰上更討厭的場面。

「是啊，如果要問原因，或許是個很難回答的問題。」

要怎麼做才能讓她接受呢？

至少「現在不做，將來就會後悔」的講法肯定無法讓她接受。

因為那是已經後悔的大人的理論。所謂的後悔，必須自己實際經歷過才能了解。

「魯迪烏斯你什麼都會，所以一定不懂。」

「不，我也有不會的事情喔。」

「有嗎？」

「當然有。」

「是喔……」

艾莉絲並沒有追問是什麼事情。

她只是擺出像是在說「我實在無法相信」的表情，一臉無趣地隨口回應。

「不過，正因為原來是沒辦法順利做好的事情，等自己拚命努力，最後終於能夠做到時，產生的達成感才會更加強烈吧？」

「是那樣嗎？」

艾莉絲以無法理解的態度看著天空。

「要不然，我也來幫忙吧。要不要再試試看練習跳舞？」

「……才不要。」

之後，對話就結束了。

我沒辦法想出更多說服她的言論。

果然我還是辦不到嗎？
說不定去拜託基列奴會比較好。
然而，基列奴一定不懂為什麼跳舞是必要的事情，畢竟連我也不懂。我想大概只有艾德娜和菲利普他們那種人才會理解跳舞的必要性吧。那麼，該去拜託菲利普嗎？
——正當我想到這個方法時。
艾莉絲移開放在我頭頂的腳。
接著她把腳用力往上抬，再利用反彈的力量，輕巧地從乾草堆上往下跳。
「魯迪烏斯。」
「什麼事？」
「我要回去練習跳舞，你也來。」
我的言論發揮效果了嗎？
還是因為她一時心情好？
不管是哪個原因，最重要的事情是艾莉絲總算拿出幹勁。
「遵命，大小姐。」
我跟著她回到舞廳。

★★★

要幫忙練習跳舞。

所以呢，我也要一起學習跳舞。

這種事情就是要有練習對象才能進步得比較快。

不過，我出生至今從來沒有跳過舞，頂多只有在國中時代曾經去電玩遊樂場稍微玩過跳舞機而已。

實在有點擔心。

「真了不起，魯迪烏斯老師很有天分。」

結果沒想到，我很輕鬆地學會了好幾個初學者用的舞步。

雖說是跳舞，但重點就是要配合節拍踩出固定的舞步。如果是生前從未好好運動的我還另當別論，但這世界裡的我有好好鍛鍊身體。最簡單的舞步甚至不需要特別練習。

「……哼！」

聽到艾德娜稱讚我，艾莉絲很不高興。

因為我三兩下就做到她花了好幾個月都無法達成的事情，所以她心裡很不是滋味。

不過，我並不是單純在學習而已。

也一直有在觀察艾莉絲為什麼會那麼不擅長跳舞。

理由有兩個。

首先第一個，是艾德娜的教法太差。

不，也不到特別差的程度，作為教師，應該算是普通吧。

就是那種「A是A，B是B，總之記住就對了」的方式。

至於這東西為什麼重要，哪裡才是重點等部分則是完全不會提及。

在我的國中時代也有這樣的老師。

那傢伙雖然要求學生必須自己去思考不懂的部分，但這卻是最糟糕的教法。既然疑問依舊是疑問，在學習時怎麼可能保持愉快的心情。

第二點。

艾莉絲有個弱點。

她的舞步踩得太快，而且也太用力。

艾莉絲的個性和動作很適合劍神流。

然而，在練習跳舞時卻帶來了反效果。

原本是必須配合節奏緩緩踏步的部分，她卻試圖以最快的動作來完成，所以會和舞伴的節奏產生落差。

艾莉絲基於本能排斥自己的節奏被打亂，無論何時，她都想要維持自己的步調，不會受到他人影響。這在戰鬥時的確是出色的才能，但在跳舞時卻成了拖累她的要素。

畢竟，跳舞時必須配合舞伴。

艾德娜宣稱她從來沒遇過如此欠缺才能的學生，但沒這回事。

能以最快速度行動，等於是能做出乾淨俐落的動作。乾淨俐落的舞步當然會很美。

所以，只是因為教法不好。

話雖如此，光責備艾德娜並不能矯正艾莉絲的動作。

不過，我有辦法。

看到艾莉絲依然踩著笨拙的舞步，我決定嘗試一個方法。

「艾莉絲，先閉上眼睛，再試著以自己的節奏晃動身體。」

我這麼一說，艾莉絲露出懷疑的表情。

「……居然要我閉上眼睛，你是想做什麼！」

「……魯迪烏斯老師？」

艾德娜的溫和笑容有點扭曲。

不，不是啦。

我並沒有想要偷親她的意圖喔。

這些人真是沒禮貌，居然懷疑我這種紳士……

「我要使用讓妳能夠跳舞的魔法。」

「咦？有那種魔術嗎！」

「不，是魔法，不是魔術。是一種不可思議的現象。」

艾莉絲雖然不解地歪了歪腦袋，但還是聽從我的指示。

在劍術課時，我曾經多次目睹這種節奏感。

迅速、細緻、尖銳，是一種沒有規則，無法看穿預測，能自然破壞對手的節奏，我也絕對無法模仿的天生任性節奏感。

「我現在會開始拍手，妳要配合拍手聲，以迴避攻擊的感覺來踩出舞步。」

說完，我很有規律地啪啪啪拍起手。

艾莉絲也配合這聲音轉動身體。

重複這動作一陣子後，我在某個時機喊出聲音。

「喝！喝！」

時間點是在即將拍手前。

結果艾莉絲先等了一瞬間，才只對拍手聲做出反應。

「這……這是！」

艾德娜喊出驚訝的叫聲。

艾莉絲成功踏出舞步。

雖然還是快了一點，但應該算是合拍。

艾德娜握緊拳頭，以少見的興奮笑容大叫。

「成功了！您成功了，大小姐！」

艾莉絲張開眼睛，喜笑顏開地回問：

「真的嗎？」

我像是潑兩人冷水那般繼續指導：

「好啦，不可以睜開眼睛。要記住剛剛的感覺。」

「叫我記住……可是我只是看穿假動作然後躲避攻擊而已啊！」

沒錯，這是在劍術課上做過的訓練。

也就是閃避基列奴攻擊的課程。

她在做出假動作時會喊出一聲「喝！」我們必須只閃避真正的攻擊，不能被假動作影響。

比起不能對基列奴那種帶有認真殺氣的假動作做出反應，聽到我這種不帶殺氣的聲音後要先辨別再避開真正攻擊，是相當簡單的要求。

順便說一下，進行這個訓練時，我的成績比艾莉絲好。

因為艾莉絲比較單純，所以容易被假動作欺騙。

「艾莉絲，在一個科目學會的事情，可以應用到其他的科目上。所以當自己碰到不順利的情況時，要試著好好思考，找找看在其他課程中有沒有學過類似的東西。」

「啊……嗯。」

艾莉絲很難得地依然睜大眼睛，沒說什麼就老實連連點頭。

這樣一來，跳舞應該就沒問題了吧？

「不愧是能夠教導大小姐算術長達一年的魯迪烏斯老師。」

艾德娜似乎覺得很佩服，以充滿感動的眼神望著我。

居然說「不愧是」……

原來教導艾莉絲算術是一件那麼讓人絕望的事情嗎？

嗯，的確我也吃了不少苦頭。

有一半要歸功於基列奴。

不能太得意忘形。

「我有恍然大悟的感覺，原來劍術和跳舞有共通之處啊。」

艾德娜的表情就像是看到了什麼難以置信的光景。

一臉「我剛剛目睹了奇蹟，神啊，原來您就在這裡」的樣子。

實在有夠誇張。

「嗯，畢竟還有用劍當道具的舞蹈嘛，所以劍術和舞蹈應該相當容易結合。」

「用劍當道具的舞蹈？哎呀？有那種舞蹈嗎？」

反問的艾德娜露出一臉感到不可思議的表情。

我內心還以為劍舞是中二病知識裡的一般常識，但這世界裡或許沒有這種東西。

「咦？嗯，我也只是在書上看過……」

「哎呀，有那種文獻嗎……是哪個地方的舞蹈呢？」

「這……這個嘛……文獻裡只寫了是在沙漠國家看到。」

「沙漠……是貝卡利特大陸那邊嗎？」

「我也不知道。說不定是魔大陸的魔族舞蹈，聽說那裡有很多小部族，或許也有拿劍當舞蹈道具的人們吧。」

我隨便回答。

「原來如此，累積的這些知識正是魯迪烏斯老師的智慧來源呢。」

艾德娜恢復那溫和的笑容，開口稱讚我。

看樣子她自己得出了結論。

「沒錯！魯迪烏斯真的很厲害！」

不知道為什麼，反而是艾莉絲抬頭挺胸地回答。

很好，多誇幾句吧。

因為我是受到稱讚才會成長的類型，呼哈哈哈哈！

★★★

舞會當天。

讓盛裝打扮的艾莉絲像個公主般坐好後，紹羅斯大聲宣布舞會開始。

我在會場角落占了個位置，旁聽他的宣言。

舞會一開始。

面對試圖拉攏格雷拉特家而大量聚集的中級貴族和下級貴族，菲利普和夫人一一巧妙應付，時間也這樣過去。兩人的行動只能說是果然高明，似乎沒有任何人能找出機會接近。有些人打算直接去討好紹羅斯，卻必須面對他的大嗓門與不講理又單方面的對應，最後只能狼狽逃走。

這些人逃走後的最後希望，只剩下舞會主角的艾莉絲。

艾莉絲並沒有任何權限，也不懂政治方面的話題。所以在「請務必要告訴給您的父親大人」攻擊下，成了只負責轉達的機器人。

還有人帶著似乎出身不錯的青年或中年人去見艾莉絲，說是要介紹自己的兒子給她認識。

也有幾個小孩看起來年紀和我差不多，不過幾乎都已經累積了不少脂肪。我想一定是在家中過著養尊處優的生活吧。

就像是在看以前的我。

我心裡正湧上一股親近感，這時來到跳舞時間。

按照當初預定，我要擔任艾莉絲最初的舞伴。

舞步是適合小孩子跳的最簡單曲目，不過因為是主角，必須待在廣場的正中央。

只要按照練習時那樣跳就可以了。

「什……什……什……什麼啦……！」

音樂響起時，艾莉絲已經緊張到全身僵硬。

再這樣下去，已經不是跳不跳得好的問題了。

她甚至有可能會突然出手痛毆我再逃離現場。

「……」

我稍微用眼神和踏步來做出假動作。

於是，艾莉絲跳了一下對假動作做出反應，然後嘟起嘴巴。

「什麼嘛。」

她再度低聲嘟囔出這句話時已經解除緊張，恢復平常的狀態。

之後，雖然我被踩中好幾次，但還是沒有跌倒，總算順利跳完這支舞。

「辛苦了，魯迪烏斯老師。」

結束後，艾德娜過來對我搭話。

似乎即使站在遠處，也能明顯看出大小姐已經放鬆。

她開口問我是用了什麼方法，我回答只是做了練習裡做過的事情。

看到艾德娜露出感到不可思議的表情，我又補充一句「其實是劍術練習裡做過的事」，她才嘻嘻笑了。

我的任務結束了。

所以，我決定到處覓食。

今天有許多罕見的料理。

例如用了不知道是什麼的酸甜果實製作的派，或是用一整頭牛調理出的肉類料理，還有裝飾得很漂亮的蛋糕等等。

我正在心滿意足地把食物塞進嘴裡，卻和負責警備的基列奴視線相對。

雖然她並沒有表現出像是在訴說什麼的眼神，但嘴邊卻滴下口水。

我是個很會察言觀色的人。

所以我利用餐巾將料理一點點打包起來，然後叫女僕幫忙送到我的房間。雖然警衛和僕人在之後似乎可以吃到比平常豪華一點的餐點，不過不會有現場的這些料理。

把料理差不多都打包完後，我突然注意到眼前站著一個可愛的少女。

她先說了句「初次見面」，才報上自己的名字。

好像是中級貴族家的女孩，但名字太長我無法全部記住。

總之，因為女孩問我能不能和她共舞一曲，我先告知自己只會簡單的舞步，才一起走向廣場。

我想我應該表現得不錯。

下場之後，又來了另一名女性，問我接下來能不能和她跳舞。

喂喂這是怎樣？我好像也挺受歡迎嘛～我正在這樣想，結果真的接二連三有人來邀舞。

其中有超過三十歲的阿姨，也有比我還小根本不會跳舞的小孩。

雖然那種因為身高差距實在無法共舞的人只能回絕，但基本上我回應了每一個人。

我是可以說「不」的日本人。

只是既然已經答應第一個人，就很難拒絕其他人的邀請。

當然也別有用心，但人多到臉和名字我都記不住，實在累了。

在大受歡迎的時間總算告一段落後，菲利普過來為我說明：

「是我父親的錯。」

好像是有人詢問一開始和艾莉絲跳舞的少年是誰，於是紹羅斯就自豪地把我是格雷拉特家一員的事實給抖了出來。

換句話說，一切都是紹羅斯老先生的錯。

話雖如此，也不能怪他。

「在第一支舞曲時，精彩化解大小姐緊張的那男孩該不會是紹羅斯大人的私生子吧？」

聽到這種疑問後，就被捧得飄飄然了。原本預定不要讓其他人知道我也姓格雷拉特，但他又喝了酒，或許是無可奈何的發展。

話句話說，那些人是認為即使我現在是分家或小妾的兒子，但總有一天肯定會成為名士，所以紛紛把自己的女兒或孫女送上門來。

不過既然是那樣，怎麼沒有在我跳完第一支舞後就出現？詢問菲利普之後，才知道是我用餐巾打包甜食的樣子很讓人莞爾，所以大家好心等到我忙完。

原來還是有人在看啊。

我問菲利普要是碰到積極示好的女孩子要怎麼辦？他回答只要適當應付對方即可。

這是因為不管將來會怎樣發展，他都不想讓我和政治方面有所關聯嗎？還是判斷我要是和哪家小姐在一起，就可以成為在政治上的力量呢？

我個人也完全不打算接觸政治方面。

因此，今天的受歡迎時間只是宛如泡沫的夢境。

不……等等，要是變偉大，是不是就能靠著金錢的力量把可愛女孩一一推倒？

這種念頭才剛從腦中閃過——

「不過，如果像保羅那樣把每個女孩都帶上床就會傷害到家族名譽，千萬別那樣做。」

就被打了預防針。

最後一個來找我的女孩是艾莉絲。

順道一提，今天的艾莉絲不是平常那種活潑的風格，而是穿著以藍色為基調的禮服。

頭髮也盤了起來，還戴著裝飾有花朵的髮飾，實在非常可愛。

第一次參加舞會，又有不認識的大人不斷對她搭話，就連艾莉絲似乎也感到疲勞。

然而，或許是因為自己擔任主角的舞會進行得很順利，讓她的情緒也很高昂。

「可以請您和我跳一支舞嗎？」

眼前不再是平常那個大嗓門、走路大步、不懂得客氣，也沒禮貌的艾莉絲。

而是扮演一個即使和先前那些女孩相比也有過之而無不及的高雅大小姐來邀請我共舞。

「我很樂意。」

我握起她的手，一起走向大廳。

艾莉絲以一臉得意的樣子望向周圍，邊哼哼笑著邊移動到大廳中央。

於是，響起一首節奏輕快，有點困難的變調樂曲。而且我們沒有學過。

說不定是演奏家特別為我們演奏這首曲子。

「啊……嗚嗚……」

艾莉絲一聽到音樂就愣住了，誰叫她要勉強自己裝模作樣。

由於她以視線向我求救，於是我配合音樂，以眼神做出假動作。

雖然是變調樂曲，但對艾莉絲來說，這種曲風應該更容易掌握才對。

不過呢，舞步方面倒是隨便踩踩。

要是被艾德娜看到，可能會無法認同或遭到斥責吧。

我握著艾莉絲的手，像平常練習劍術那樣，有時往前踏有時往後退。

雖然有配合音樂，但腳步卻很不規則，看在周圍眼裡肯定覺得很奇怪。

不過，艾莉絲樂在其中。

總是不高興或是很不滿的她，現在露出符合年齡的笑容。

光是能看到這張笑臉，就讓我覺得參加這場舞會的確很有意義。

我們跳完之後，現場響起拍手聲。紹羅斯也衝了過來，把我們兩人扛到肩上，很高興地邊笑邊在中庭裡到處跑。

真是個精力旺盛的老先生。看到這副光景，周圍的人也都笑了。

是一場非常愉快的舞會。

★
★
★

舞會結束後，我請基列奴和艾莉絲前來我的房間。

其實只有基列奴過來就好，但我去找她時正好艾莉絲也在場，所以就順便把艾莉絲也一起帶來了。

看到放在桌上的食物，艾莉絲的肚子發出咕嚕聲。

在舞會上她好像是因為緊張又興奮，所以什麼都沒吃。

我一邊苦笑，同時從櫥櫃後方拿出之前在城鎮裡買來並藏起的廉價酒。

雖然是買來招待基列奴，但艾莉絲吵著也要喝，因此我準備三個酒杯，大家一起乾杯。

這個國家似乎要到十五歲才能喝酒，但今天不計較那麼多。

偶爾也要做點壞事。

「正好有這時機，今天就把這東西給妳們吧。」

我這樣開頭後，從床鋪旁邊的櫃子裡拿出兩根魔杖(Wand)。

「那是什麼？」

「對艾莉絲來說，應該算是生日禮物吧。」

「咦～比起那種東西，我比較想要這個。」

艾莉絲指的是我最近以魔術訓練為由，利用土魔術做出的各種精密模型。
例如龍或是船，還有希露菲的人偶模型也都排在一起。
不是我要自誇，生前在二十幾歲時曾迷上人偶模型和塑膠模型，甚至還有一段時期用紙箱架設出塗裝用的空間。
由於這世界的塗料昂貴，再加上沒有噴槍，所以並沒有上色。不過因為我愉快又熱中地投入用土魔術來製作出一個個零件然後組裝完成的過程，因此製作得相當精密。
話雖如此，畢竟只是外行人的作品……
順便說一下，第一個做出的洛琪希八分之一模型被行商以一枚金幣的價錢買走了。
現在應該在世界各地旅行吧。
這事先放一邊去。
「我的師傅告訴我，魔術老師似乎該準備魔杖送給徒弟。因為我之前不知道該怎麼製作，再加上沒錢購買材料所以拖了很久……如果妳們願意，請收下吧。」
基列奴一聽完這句話就緩緩起身，接著以恭敬態度單膝跪下。
啊，我知道這動作，是劍神流的弟子對師傅表示敬意時的姿勢。
「是！魯迪烏斯師傅，在此恭敬拜領。」
「嗯，不必那麼介意。」
看她一副鄭重恭謹的模樣，因此我也必恭必敬地遞出去。

基列奴以似乎很開心的表情望著魔杖。
「今後我也能自稱為魔術師了吧？」
啊，這東西有那種意義嗎？
能自稱嗎？
洛琪希沒跟我解釋這部分的事情……算了，不管怎麼想這都是入門用的魔杖，不太可能有那種意義吧？可是，是不是從開始學習魔術時就可以自稱為魔術師？嗯？怪了？
我的師傅很多事情都沒有說明清楚。
「呃……艾莉絲是想要這個？」
我邊開玩笑邊把八分之一希露菲拿在手上，艾莉絲卻用力搖頭。
「不是！我要那個！那邊的魔杖！我也覺得那邊比較好！」
「好，請吧。」
艾莉絲一把抓走魔杖，後來大概是回想起基列奴那恭謹的態度，立刻端正姿勢，必恭必敬地用雙手捧著魔杖。
「謝……謝謝您，魯迪烏斯師傅。」
「嗯，好好對待它。」
之後，艾莉絲瞄了基列奴一眼。
是怎麼了？

基列奴也注意到她的視線，僵住幾秒後，才搖了搖頭。

「抱歉，我的種族沒有這種習慣，所以我什麼都沒準備。」

我還在想是什麼意思，原來是在討禮物啊。

艾莉絲一臉失望地坐到沙發上。

雖然這世界似乎沒有受僱者必須送禮物給僱主的習慣，但要是沒辦法從最喜歡的基列奴姊姊那邊拿到任何東西，的確相當可憐。

來打個圓場吧。

「基列奴，其實沒有特地準備禮物也沒問題喔。把妳平常帶在身上的東西，或是可以當成護身符的物品之類拿來當作禮物就行了。」

「唔。」

基列奴思考了一會兒之後，拔下了手指上的一個戒指。

那是一個木雕戒指，已經相當陳舊還帶著傷痕，但不知道是光線問題還是材質問題，亦或是上面可能施加了什麼魔術，反射出來的光芒看起來有點像是綠色。

「這是一族流傳的驅魔戒指，據說只要帶著，晚上就不會受到惡狼侵襲。」

「真……真的可以給我嗎？」

「嗯，因為那只是迷信。」

艾莉絲戰戰兢兢地收下戒指。

先把戒指戴到右手無名指上後，才舉起雙手在胸前緊緊交握。

「我……我會很珍惜這戒指！」

看起來好像比收到魔杖時還開心。

總覺得有種輸了的感覺。

算了，畢竟是戒指嘛。女孩子應該都會喜歡戒指……是……是吧？

「只是迷信？意思是基列奴曾經受到惡狼侵襲？」

這時我突然注意到一點，開口提問。

基列奴面有難色地點點頭。

「嗯，那是個難以入眠的夜晚。保羅來找我去泡個涼……」

「啊，果然還是不用說了。我可以預測到接下來的發展。」

糟了，要是這話題繼續下去，可能會導致我的評價下跌。

都是保羅的錯，那傢伙總是扯我後腿。

「這樣啊？算了，你當然也不會想知道父親的艷遇。」

「當然不想知道。好啦，來吃吧。雖然都已經涼掉了，還是開開心心享受吧。基於師傅和弟子之間互相支持幫助的關係，今天不必講究禮節！」

艾莉絲值得紀念的十歲生日就這樣平安度過。

★ ★ ★

隔天當我醒來時，發現艾莉絲躺在身邊。

她的個性雖然如同烈火般激烈，但睡臉卻很柔和可愛。

「哇喔～」

我們是不是不小心踏入了大人的領域呢？糟糕～

……怎麼可能，我記得一清二楚。

晚上的宴會開到一半，耐不住睡意的艾莉絲搖搖晃晃地倒到我的床上。

看到這模樣，基列奴也提出她該離開了，於是丟下艾莉絲回房。

俗話說坐懷不亂根本是男人的恥辱，嗚嘿嘿嘿，我要搗蛋嘍。

我舔著嘴唇靠近床鋪後，卻看到戴著基列奴的戒指，還把我送的魔杖緊緊抱在胸前，睡臉上露出滿足笑容的艾莉絲。

滿臉淫穢的惡狼完全退縮。

「驅魔戒指明明有效嘛……」

我喃喃說完之後，就靜靜鑽進床鋪的角落，沒有去碰艾莉絲的任何一根寒毛。

現在時間還很早。

我從窗口看向外面，雖然天空已經開始泛白，但周圍仍舊很昏暗。

也可以繼續欣賞艾莉絲的睡臉，但她起來時應該會狠狠扁我。

所以，我決定去散步。

畢竟我不想挨揍。

我靜靜地溜下床，躡手躡腳離開房間。

「好啦……」

走在有點寒意的走廊上，我思考要去哪裡。

宅邸的大門要到不知道早上幾點才會開啟，現在出不去。

沒什麼選擇。

基本上，這一年中我已經摸清宅邸裡哪個地方有什麼，不過也還有很多場所沒進去過。

例如唯一一座特別高的塔，雖然被告知最好不要靠近，但我還是很有興趣。

說不定可以拿到什麼好東西。

像是哪個人晾在陰影處的內褲之類。

我一邊這樣想，同時沿著樓梯前往最上層。亂晃一陣之後，發現了一道似乎很有趣的螺旋梯。

這就是通往那個塔的入口吧。

雖然叫我不要靠近，但昨天是艾莉絲的生日。

就當作今天也不必講求規矩吧，就這樣吧。

決定後，我走上螺旋梯。

外面看起來很高，裡面的台階數也很多。轉啊轉的，當我已經搞不清楚到底爬了多少階之後，上面傳來某種聲音。

聽起來像是貓在發情期的誘人喵喵聲。

我躡手躡腳，在盡量不發出聲音的情況下繼續往上爬。

最後發現是紹羅斯在最上層。

那裡有個大概勉強只能擠進一人的小房間，他正在和貓耳女僕喵喵嗯嗯啊啊。

原來如此，叫我不要靠近是因為這樣嗎……

「唔？」

當我欣賞到最後時，紹羅斯注意到我。

至於女僕其實滿早就發現了，還因此更加興奮。

完事後，貓耳女僕立刻從我身旁衝過，沿著樓梯走了。

「……魯迪烏斯嗎？」

這聲音低沉平穩，和平常風格完全不同。

是賢者模式嗎？

「是的，紹羅斯大人。早安。」

我按照貴族方式打招呼後，他舉手制止我。

「不必拘禮，你來做什麼？」

「因為看到樓梯，所以爬上來看看。」

「你喜歡高處嗎？」

「是的。」

話雖這麼說，但如果把臉探出那扇外突窗，應該會腳軟吧。

喜歡和擅長是兩回事。

就算我征服世界，蓋了世界上最高的塔，自己的房間還是會放在一樓。

「話說回來，您在這裡做什麼呢？」

「我是在對著那邊的寶珠祈禱。」

哦？

我本來覺得在這宅邸裡，名為祈禱的文化還相當不健全嘛，不過我不會說出口。

平常看起來很嚴格的這傢伙也是格雷拉特的一分子，所以是一丘之貉。

「寶珠？」

從那扇外突窗往外看，的確有一顆浮在半空中的紅色珠子。

或許是因為光線影響，總覺得裡面的東西似乎稍微動了。

那是什麼？好神奇啊，果然是靠魔力才能飄浮嗎？

「請問那是？」

「不知道。」

紹羅斯搖搖頭。

「我在三年前左右發現的，不過，不是不好的東西。」

「您為什麼可以如此斷言？」

「因為這樣想比較正面。」

原來如此。

也對，畢竟碰不到嘛。如果認為是不好的東西，會對精神衛生造成不良影響，以正面想法看待並當成祈禱對象，珠子本身也會比較舒服吧。

我也來祈禱。

拜託讓天上掉下來一個女孩子……（註：出自動畫《天空之城》）

「魯迪烏斯，我接下來要騎馬去晃晃，你要一起來嗎？」

「請讓我同行。」

紹羅斯爺爺明明才剛發洩了一回，精神真好。

他今天似乎很閒，所以願意陪我玩玩。

或許該耶個兩聲表現出很高興的樣子……不過那樣好像會很累。

「話說回來……」
「什麼？」
「紹羅斯大人您沒有夫人嗎？」
我聽到了喀一聲。
發現那是紹羅斯咬牙的聲音後，我背脊一陣發涼。
「死了。」
「原來是這樣，很抱歉我問了如此冒犯的問題。」
我老實表示歉意。
之前還在跟貓耳女僕嗯嗯喵喵，或許我卻害他回想起不愉快的往事。
根據這情況，艾莉絲有沒有兄弟姊妹的問題最好也別說出口。
「那麼，走吧。」
「是。」
今天是假日。
就讓艾莉絲從明天再開始好好努力吧。

名字：艾莉絲・B・格雷拉特。
職業：菲托亞領主的孫女。

個性：有點凶暴。
我方吩咐：老實聽從。
讀寫：閱讀方面幾乎完美。
算術：學會九九乘法。
魔術：初級魔術幾乎都會詠唱。
劍術：劍神流・中級。
禮儀規矩：在宴會上不會丟臉的程度。
喜歡的人：爺爺、基列奴、魯迪烏斯。

第六話「學習語言」

十歲生日之後，艾莉絲變得率直許多。
上課時會認真聽講，也很少出手打我。
從家庭暴力的恐怖下獲得解放後，我的內心也總算產生餘裕。
因此，我決定要著手自我進修。
首先利用在書庫裡找到的歷史書，調查這世界的大致歷史。

根據歷史書，世界似乎是從十萬年前開始存在。
真是充滿奇幻感的歷史。
概略寫成年表後，正如以下所示：

◆十萬年以上之前◆

分為七個世界，似乎各自受到神的支配。
這時被稱為「太古的神之時代」。
七個世界和神明如下：
人的世界，人神。
魔的世界，魔神。
龍的世界，龍神。
獸的世界，獸神。
海的世界，海神。
天的世界，天神。
無的世界，無神。
世界被類似結界的東西隔絕開來，無法隨便前往其他世界。
單一世界的居民並不知道其實還有其他世界。

據說知道其他世界存在的人只有一部分神明，以及力量強大到可以通過隔絕結界的人物而已。

◆兩萬～一萬年前◆

龍的世界誕生出一名極為邪惡的龍神。
擁有非凡力量的龍神打破結界，掌控名為「五龍將」的部下，毀滅其他世界。
世界遭到毀滅後，殘存的人們無處容身，只能逃往其他世界。
在只剩下最後一個世界時，「五龍將」背叛龍神。
身為「五龍將」領袖的龍帝和其他四名龍王挺身和擁有壓倒性力量的龍神戰鬥。
五對一的死鬥，結果是不分勝負。
受到這場戰鬥的餘波影響，龍的世界崩毀。
最後只剩下人的世界。
也就是這個世界。

◆一萬年前～八千年前◆

這段時期被稱為混沌的時代。
是原本住在這裡的人族祖先與其他世界的居民互相交戰的時代。

雖然幾乎沒有這個時代的文獻，不過根據學者的研究，可以推論出歷經長久年月後，各種族分別找了地方棲身。

獸族住在森林裡，海族支配大海，天族掌控高地。龍族已經所剩無幾，但還是避開他人耳目悄悄隱居。無族在哪裡都能生活，因此也在哪裡都看得到他們。

只有人族和魔族在平地上爭鬥。

當時中央大陸和魔大陸彼此相連，據說被稱為巨大陸。

◆約七千年前◆

隨著武術和魔術的發展，人口也增加了。

這時發生第一次人魔大戰。

正如文字所示，人魔大戰是人族和魔族的大規模正面衝突。

如果以生前的世界來舉例，就類似世界大戰吧？

不只人族和魔族，是一場也牽連其他種族的漫長戰爭。

◆約六千年前◆

激戰狀態與平穩狀態輪流不斷上演的人魔大戰持續了千年，據說一直到勇者亞爾斯率領六名同伴打倒「五大魔王」和「魔界大帝奇希莉卡」後才宣告結束。

根據名字來看，魔界大帝應該是女性吧？

我腦中浮現出身穿緊縛式服裝的艾莉絲放聲呵呵大笑的模樣。

是說，勇者亞爾斯根本就是勇者○惡龍啊！（註：出自漫畫《勇者鬥惡龍 羅德的紋章》，主角就叫作亞爾斯（アルス））

◆約五千五百年前◆

所謂人族是一種很愚蠢的生物，誤以為打倒魔族的自己一族非常強大，於是挑起與其他種族間的戰爭，或是人族之間彼此相爭，度過了戰火不曾停止的日子。

順便一提，據說魔族被當成奴隸對待。

這種戰國時代似乎持續了將近五百年。

◆約五千年前◆

爆發第二次人魔大戰。

就像是要發洩一千年以來的積怨，魔族在「魔界大帝奇希莉卡」的率領下發難。

又是奇希莉卡……是襲名制度嗎？

原本我這樣想，結果她似乎是不死身的魔帝，即使死亡也能在數百年後復活。

之所以被稱為魔界大帝，也是因為她是比其他魔帝更高一層的存在。

魔族拉攏獸族和海族，展現壓倒性的實力。
人族被逼上絕境。

◆約四千兩百年前◆

第二次人魔大戰終結。
最喜歡戰爭的人族在八百年間都沒有宣告敗北持續戰鬥，終於讓戰局翻盤。
據說是靠一位名叫黃金騎士阿爾德巴朗的英雄出面奮戰。
這傢伙好像是個誇張的開掛角色，可以一個人擊退超過一萬人的敵軍，打倒每一個魔族的強者，還和當時的魔界大帝單挑。最後施展的大招把當時的巨大陸打出一個大洞，所以分成中央大陸和魔大陸，並創造出林古斯海。
還有一種說法宣稱他就是人神。
講到我認識的阿爾德巴朗，是一個只要施展必殺技就必定會被殺的角色，看來這個世界的黃金○鬥士強得超出規格。雖然關於大陸的部分值得懷疑，但據說事實上大陸的確是在這場戰爭中一分為二，中央出現新的大海。（註：出自漫畫《聖鬥士星矢》，金牛座的黃金聖鬥士就叫作阿爾德巴朗）
不管怎麼樣，多虧大陸分為兩塊，期盼已久的和平終於到來。

◆約四千兩百年～一千年◆

從這邊起，年代一口氣進展。

世界雖然和平，但中央大陸上的魔族卻慢慢被驅離出境。

人族很狡猾，運用外交手段，把魔族關進魔大陸。

中央大陸是擁有豐富自然適合居住的土地。

魔大陸是容易形成魔力沉滯的荒廢大地。

人族為了把下賤的魔族困在魔大陸上，花了三千年以上逐步推進，就像是溫水煮青蛙那般把魔大陸封鎖起來。

還和其他種族合作，打著希望不要再發生人魔大戰的算盤。

魔族應該也有抵抗吧？面對利用外交手段緩慢進逼的對手，然而事態又沒有嚴重到必須發起戰爭。結果，不知從何時開始，魔族對於無法離開魔大陸的現狀就不再感到疑問。

於是，他們為了在嚴苛的環境裡爭奪僅有的資源，自然會形成內亂狀態。

魔族因此鍛鍊得更強，但卻造成人數減少。

◆一千年前◆

魔神拉普拉斯誕生。

在漫長歷史中，雖然有許多魔王、魔帝，但是被稱為魔神的人物卻只有這個拉普拉斯。

拉普拉斯迅速統合整個魔族，平定魔大陸。

當時的戰鬥還留有紀錄，也被寫成戰記流傳下來。

至今，拉普拉斯仍舊是魔大陸的偶像。

拉普拉斯花費長久歲月，建立起類似魔界統一帝國的組織，讓魔族這個種族全體都變得剛毅而強韌。

◆五百年前◆

爆發拉普拉斯戰役。

耗費多年終於說服海族和獸族後，拉普拉斯攻入中央大陸。

人族被迫面對和過去根本無法相提並論的艱困戰鬥。

拉普拉斯從南方發動侵略，讓人族戰力往南部聚集後，在中央大陸放出赤龍，讓山區無法通行，然後派出另一支部隊從北方入侵，截斷人族兵力後一口氣攻下南部。

接著他很快就壓制中央大陸的北部和南部，從兩個方向對西部發動侵略。

◆四百年前◆

走投無路的人族決定押下最後的賭注。

七名英雄說服海族解除對大海的封鎖，沿著海路前往米里斯大陸。

米里斯大陸並沒有遭到侵略。

理由很多。

包括聖米里斯的結界和強大的聖騎士團，以及不利大軍登陸的地形等等。

此外，讓他們畏縮不出的原因是位於北部的大森林。

大森林裡的獸族和魔族締結同盟，牽制著米里斯神聖國的行動。

因此，七名英雄說服了獸族。

雖然說是說服，但實際上七人似乎是去找獸族的各族長，然後綁架小孩或是出言恐嚇。

即使經過一番美化，寫成是孩子們提供協助，但我可不會被騙。

預定進行決戰的那一天。

中央大陸唯一剩下的人族國家阿斯拉王國傾全力迎向決戰。

開戰後過了一陣子，七名英雄率領米里斯聖騎士團和獸族突襲拉普拉斯的大本營。

在激戰過後，七名英雄中有四人死亡，但也讓拉普拉斯的親信們全滅，並成功封印魔神拉普拉斯。

活下來的三人包括：

龍神烏爾佩、北神卡爾曼、以及甲龍王佩爾基烏斯。

他們似乎被稱為「殺死魔神的三英雄」……等等，沒殺死啊。
即使打倒拉普拉斯，人族也已經筋疲力竭，無法繼續戰鬥。
於是，人族和無法跟隨拉普拉斯，還留在魔大陸上的穩健派魔王締結條約。
魔大陸的封鎖被取消，魔族在其他大陸上也能正大光明地行動。
除此之外，因為是魔族而遭到歧視的部分也基於條約而受到禁止。
如果以生前的世界來舉例，就是世界人權宣言。

◆～現代◆

雖然在中央大陸上，歧視魔族的風氣依然根深蒂固，但基本上算是和平。

根據這些歷史，我明白幾件事情。

・七被視為吉利數字的原因。
這是受到歷史的影響。
七英雄、七世界，帶來吉兆的數字都是七。
不吉利的數字則是六。例如有「五龍將」和「五大魔王」，再加上頭目就是六。

・世界上有長耳族(Elf)、礦坑族(Dwarf)、小人族(Hobbit)等各式各樣的種族。

他們在分類上似乎會被算是魔族。

然而，也有一說認為他們是在混沌時代誕生的新種族。

說不定和一開始提到的無族也有關係。

順便提一下，之所以可以留下這麼長的歷史，好像是因為有些種族沒有壽命限制。

魔界大帝奇希莉卡就是其中一例，另外似乎也還有許多被稱為不死身的魔王。

說不定也有能讓身體變成不死身的魔術。

★
★
★

因為研究歷史，讓我對這世界的語言也有了一些了解。

這世界使用的主要語言大致如下：

・人類語：中央大陸使用的語言。
・獸神語：米里斯大陸北部使用的語言。
・鬥神語：貝卡利特大陸使用的語言。
・天神語：天大陸使用的語言。

・魔神語：魔大陸使用的語言。
・海神語：所有海域使用的語言。

如果要粗略區分，則是根據居住在各大陸上的種族信仰什麼神，就使用那位神的名字作為語言的名稱。

不過只有人類不是人神語，那是會遭天罰的行為嘛。

使用人類語的中央大陸分為北、西、南三個部分，各地的人類語也略有不同，不過頂多只是美式英語和英式英語的差別。

我使用的是中央大陸西部的人類語。

在北部使用西部的語言也可以通用，不過據說在其他地區最好不要使用西部的語言。原因就是來自西部的人會被視為有錢人，所以會有一些不懷好意的分子試圖靠近。

米里斯大陸使用的語言也分成北部和南部。

北部使用獸神語，南部使用人類語。

至於所有海域，聽說這世界的大海裡居住著名為海人族的種族。

雖然我好像有在哪裡聽過海魚族這名詞，但是沒在城鎮裡見過。

★ ★ ★

那麼，除了每個月的薪水，我還會販賣自己製作的人物模型，或是在休假時打單日的零工（幫忙菲利普），也會在隔了幾個月之後再把某天購入的商品轉賣掉，總之靠著各種方式，賺到了還算不少的一筆小錢。

這是為了購買《希格的召喚魔術》而存的錢。

然而，才稍微沒注意，那本書就被買走了。

召喚……雖然我對那方面有興趣，但也沒辦法。

沒有的東西當然不可能買到。

我想，可以把手裡的錢拿去花在別的用途上。

五枚金幣能夠買到的東西。不，也沒必要一口氣花完吧。

這時我注意到一本用不懂的語言寫成的書籍。接觸歷史，得知語言的相關知識後，讓我回想起學會語言果然還是很重要的事情。

所以，我決定要學習其他語言。

首先從基列奴會使用的獸神語開始。

也想學會魔神語。來寫封信給洛琪希，請她至少教我一點皮毛吧。

★
★
★

我九歲了。

也就是成為艾莉絲的家庭教師後，已經過了兩年。

去年我花了一年，學會獸神語。

雖然有麻煩基列奴幫忙，不過並沒有耗費太多時間。

該記住的文字不多，只要學會模式後，口語也很簡單。

明明生前對外語非常不擅長，這身體的記憶力真的很優秀。

到了現在。

我正在學習魔神語，用魔族語言寫成的書很便宜。

甚至連書店的老闆都先提醒我說，他不知道這裡面寫了什麼。

原本要價七枚銀幣，我殺價到六枚。

★　★　★

又過了三個月。

魔神語的翻譯沒有什麼進展。

這個工作相當困難。

算了，我還是老實說吧。

我根本看不懂裡面到底在寫什麼。

要是至少知道書名，或許還能邊想像內容邊一點點逐步解答。

但是現在卻不懂內容也不懂語言，只能舉手投降。

學習獸神語時之所以能那麼輕鬆，一方面是靠著基列奴的幫忙，但這不是唯一的原因。

也因為用來當作教科書的書籍，是敘述在《佩爾基烏斯的傳說》裡也有登場的獸族英雄故事。即使被視為外傳，但只要手邊有一本《佩爾基烏斯的傳說》，要辨認單字就不是難事。

然而，我對魔神語卻是一竅不通。

考古學者到底是用什麼方法來解讀文字呢？

我記得是要挑出單字，找出同樣單字並寫下來，然後假設出這些單字的意義。

大概是這種感覺。

嗯……不過呢，在進行這種動作前，我連哪邊到哪邊算是一個單字都看不出來。

真是一頭霧水。

在我差不多要無計可施時。

洛琪希的回信總算寄到。

由於一年以上都杳無音信，我才剛開始懷疑大概是信在途中出了什麼事，或是洛琪希可能已經離開西隆王宮，結果回信就到了。

等了好久。

「呼呼……」

光是收到來自洛琪希的回信，就讓我感到很開心。師傅過得好嗎？我克制著興奮的心情，從女僕手上收下信件。

這與其說是信件……還不如說是小包。

是一個沉甸甸的木箱。

並不是很大，和電話簿差不多。

放在木箱裡面的東西，是一封信和一本厚厚的書。這本書沒有書名，外皮是動物的皮革，就像是在電話簿外面套上書套的感覺。

總之先看信件。

打開前我聞了聞味道，感覺似乎有洛琪希的香味。

「魯迪烏斯先生：

我看過你的來信了。

才沒過多少時間，感覺你似乎成長了不少。沒想到你居然能擔任菲托亞領主千金的家庭教師，真是讓我驚訝得目瞪口呆。

順道一提，這工作我在面試時就被刷掉了。這就是所謂後門的力量嗎？

如果我現在不是王子的家庭教師，或許會嫉妒你的境遇。

此外，沒想到你居然還結識劍王基列奴，甚至收她為弟子。劍王基列奴是非常有名的人，畢竟她可是劍神流中第四強的高手。

唉，才五歲就會跑來偷看我沖涼的魯迪烏斯到底上哪裡去了呢？

已經成了距離遙遠的人物。

——那麼進入正題吧。

你想要學習魔神語吧？

魔族的各部族裡，存在著許多人族不知道的獨創魔術。

雖然應該沒有留下文獻，但只要你懂魔神語，將來或許可以前往部族的聚落，請對方教導你那些魔術。當然，前提是要能建立起良好的關係。一般的魔術師雖然不可能學會，但魯迪烏斯或許能夠充分掌握那些魔術。

也基於這份期待，我為了你寫了一本教科書。

這是我的親筆著作。

由於花了相當多的時間，希望你能好好珍惜，不要拿去賣掉或丟棄。要是在書店或其他地方看到這本書被拿出來販賣，我或許會哭……

講到商店，王子前陣子偷跑出城，買了一個和我非常相像的雕像。長袍是穿脫式，從體型到痣的位置都一模一樣。

讓我覺得很不舒服。

或許這幾天我就會被人詛咒而死。

雖然我一點頭緒都沒有……

要是沒問題，我會再寄信給你。

洛琪希上

P·S·在冒險者的觀念中，會認為只要拿著魔杖就是魔術師。」

原來如此。

首先，沖涼那次是誤解，我並沒有去偷看。

只是碰巧看到而已。是碰巧，真的是。

雖然我知道洛琪希沖涼的時間，但能看到全是偶然。

就算到某個時段我就會故意在家中散步，不過還是湊巧。

話說回來，基列奴在劍神流裡排行第四嗎？

因為有劍神、劍帝、劍王……嗯？

啊，是不是因為劍帝有兩個人？

意思是劍王只有一個嗎？

我聽說世界上有許多劍神流的劍士，所以還以為擁有劍王稱號的人大概也有十來個左右，沒想到意外是個窄門。

還有，洛琪希的模型似乎很偶然地到達了本人附近。

王子大人的眼光真不錯。

噢，比起這些事情……

一起寄來的這本書似乎是洛琪希親手寫的。

雖然不知道信寄到時是什麼狀況，但能用來執筆的時間大概不到半年吧。既然是她特地為我努力寫的書，在解讀魔神語時想必能派上用場。所以我也該好好努力去讀懂魔神語。

這樣想的我重新在椅子上坐好，打開這本書。

NOW READING。

魯迪烏斯正在讀書……我只是講講看啦。

「這太棒了！」

看過內容後，我掩飾不住內心的驚訝情緒。

這不但是教科書，也是辭典。

已經把所有的魔神語都翻成人類的語言。

恐怕是參考西隆王宮裡的語言字典或是類似書籍，並把內容抄寫下來。從單字到細緻的表現，連發音的方法都完全網羅在內。

這樣就驚訝還太早了。

後半部寫著洛琪希知道的所有部族情報。

包括每一個部族的說明，以及洛琪希的主觀解說。

這個種族的禁忌是這樣，那個種族是那樣不行。

雖然畫得很爛但基本上也附有插圖，甚至還畫了箭頭，寫上「這裡就是特徵！」的註釋。

尤其是米格路德族的項目花了五頁，寫得最為詳細。如果洛琪希是希望我能夠充分了解她的種族才如此努力，實在是可愛的行為。

「基本上，米格路德族都喜歡甜食」。

上面寫了這種情報，不過是真的嗎？

如果是真的，下次見面時我想先準備好甜食。

話說回來，一想到這本書是在不到一年的時間內寫成，就覺得自己在她面前實在抬不起頭。要是有機會見面，到時要請洛琪希答應我去舔她的腳。
我想洛琪希的腳一定很美味。
好啦。
這東西對現在的我來說，可以說是最強的教科書。
雖然我生前的成績並不是很好，但這身體的記憶力卻莫名強大。
大概只要再過半年，我應該就可以完美讀通這本書吧。
至少，我希望自己能夠講一些簡單的對話。
加油吧。

★基列奴觀點★

魯迪烏斯又開始窩在房間裡。
大概又在忙什麼，那少年每次都讓我大吃一驚。
第一次見面時，只覺得他是個非常不可靠的少年。還以為是那個充滿自信的保羅寵孩子寵過頭硬把人塞給我。
我欠保羅人情。
雖然沒有更進一步的感情，但還是有欠人情。所以，萬一這少年無法成為艾莉絲大小姐的

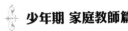

家庭教師，我也打算提出意見，讓他能留在宅邸內。

結果，他卻沒花多少時間就贏得艾莉絲大小姐的信賴，坐上家庭教師的位置。

綁架事件是魯迪烏斯的企畫。

聽說管家因為貪財而利用了這次事件，但我到達現場時，魯迪烏斯正在和管家僱用的兩個男子對等相抗。明明其中一人勉強算是北神流的上級劍士，他卻能視情況分別使出或是混合應用兩種魔術，以非常獨特的戰法壓制住對方。

大概因為還是個孩子，在最後過於大意，不過這年紀就有那種戰鬥直覺，是一種天生的才能。

即使是我，如果從距離一百公尺以上的位置展開戰鬥，也有可能敗北。

不只是戰鬥才能。

他還建立艾莉絲大小姐的授課計畫，開始進行有效率的教學。

上課內容也很好懂。

真沒想到我居然能學會讀寫和算術，甚至還獲得魔杖……

被稱為村裡最不聽話的頑皮小鬼，不到十歲就被託付給旅行的劍士，即使成為劍聖卻被所有隊伍排斥，好不容易加入一個隊伍，也一直被隊上那個看起來腦袋很差的輕薄男嘲笑說：

「妳連腦袋都是肌肉所以別動腦了。」這樣的我，現在居然學會了讀寫算術和魔術。

如果現在回去聚落，那些人會露出什麼樣的表情呢？

光是想像，就讓人忍不住想笑。

我過去從來不認為，有一天自己回想起聚落那些傢伙時，還能保持這種正面的心情。

也從來不曾從這種年齡可以當自己兒子的小孩身上獲得這麼多東西。

隊伍解散之後，我過著每天遭到掠奪的日子。

碰上詐欺而身無分文，但是師傅嚴格教育過我不能對他人所有物出手，因此也無法動手竊盜，加上空腹導致無法確實工作，在差點餓死時，是紹羅斯大人和艾莉絲大小姐救了我。

我對魯迪烏斯，抱著和對那兩人同等的敬意。

他是我的師傅……要是這樣講，師傅劍神大人應該會生氣自己被視為和這種小孩同列，所以該稱為老師吧。

我把魯迪烏斯視為老師，以敬意相待。

他真的很有耐性地教導我算術和魔術。

雖然我很努力，但我學東西並不快，還會多次重複犯下同樣的錯誤。然而魯迪烏斯卻沒有表現出不悅，依然仔細誠懇地教導。而且還會每次都換種講法，希望能讓我理解。

多虧有他，我在短短兩年內就學會了火和水的初級魔術。

或許是魯迪烏斯的教育方針吧？他沒有立刻換成中級，而是進行了在學會魔術後，要以無詠唱來施展的訓練。

就算兩手都無法動彈也能夠使出簡單魔術的理論非常合理。所以，也非常容易理解。只要能夠理解，自然能夠努力。不過呢，即使努力還是無法辦到。

我的劍術師傅劍神大人一直跟腦袋不好的我強調「合理」這個重點。

「所謂合理，就是指基礎。」

這是劍神（師傅）大人的理論。

經歷長久年月培育出來的流派基礎，是合理性的集合體。

年幼的我討厭無聊的基礎，師傅卻堅持沒完沒了地一直強調，也沒完沒了地讓我不斷練習基礎。

多虧這樣，我才能獲得劍王這種和自己不相稱的力量。

魯迪烏斯的教育方法和劍神（師傅）大人非常相似。

艾莉絲大小姐曾經背著魯迪烏斯抱怨過，說她想使用更華麗的魔術，但我覺得現在這樣就好。在實戰中最可靠的並不是花費長時間詠唱才能使用出強大魔術的上級魔術師，而是能因應狀況，巧妙用出初級、中級魔術的魔術師。

我以前認為在對人戰鬥時，魔術師根本什麼用場都派不上。

然而，現在不同了。

因為我看過魯迪烏斯的戰法才能這樣說。

對劍士來說，那種能一邊以高速不斷移動，還可以同時使出行動妨礙與攻擊魔法的對手，就是最難對付的強敵。

我聽說魯迪烏斯在村裡一直是和保羅對戰。保羅那麼幼稚，肯定會以全力打垮魯迪烏斯。

結果是讓魯迪烏斯因此在對劍士的戰術方面獲得了可以算是完美的動作……

只能說是因禍得福。

保羅偶爾也會做點好事。

不過要是走錯任何一步，也有可能導致魯迪烏斯乾脆對戰鬥行為本身失去興趣，埋沒他的那份才能。之所以能堅持到現在，應該是遺傳到保羅那種不服輸的部分吧。

希望自己有一天能教導他可以打倒保羅的劍技。

但是，魯迪烏斯不具備劍神流的才能。

因為他過於追求合理性，所以會想太多。他試圖讓已經採用合理動作的基礎變得更合理，最後反而會造成不合理的結果。

考慮到魯迪烏斯的個性，這並不是什麼壞事，而且他大概是以使用魔術作為前提吧？然而，這種做法並不適合必須只靠一個踏步就判斷一切，並在一瞬間的交鋒中決定出勝負的劍神流。

保羅似乎沒有教他，但北神流或水神流應該比較適合魯迪烏斯。

很遺憾，我只會使用劍神流。

雖然無法親自教他，但有門路。

三年後如果魯迪烏斯還有興趣學習劍術，就介紹個北神流劍士給他吧。

我能做的事情頂多只有繼續傳授劍神流的基礎。

只要確實打好基礎，開始學習北神流後應該可以立刻進步。

不過，前提是他將來真的有意要繼續學習劍術。

縱然現在是因為缺乏好老師而遇上瓶頸，不過魯迪烏斯總有一天會以魔術師身分獲得偉大成就吧。神級太非人了還很難講，但或許魯迪烏斯能夠到達帝級的水準。

對於魯迪烏斯的將來，該給出什麼樣的建議呢？

那個叫作洛琪希的魔術師傅一定也煩惱過這問題吧。

雖然我認為她是最後選擇逃走的沒出息傢伙，但我並不打算責備她。

反而該感謝她吧。因為多虧她的行動，我才能學會魔術。

即使跟在愚笨的師傅門下學習，也只是會讓弟子受到壓抑……總有一天，或許我也會碰上認為教導哪個人劍術是件苦差事的日子吧。

思考離題了。

對了，我是在想魯迪烏斯在忙什麼。

和一碰到假日就常常不知道該如何打發時間的大小姐不同，魯迪烏斯總是想嘗試什麼新事物。

之前也提出想要學習獸神語的要求，在晚餐後拿著書前來我房間。我本來還覺得就算學會只有在大森林裡才用得到的語言又能做什麼，魯迪烏斯卻只花了半年就學會了。

獸神語沒有困難的表現方式，如果是日常對話程度，他應該能完美應對吧。

學會獸神語的魯迪烏斯並沒有表現出很高興的態度。

「這樣一來，隨時都可以去『大森林』呢。」

去那麼封閉的地方做什麼？

我開口詢問後，他有點慌張。

「咦？不，也沒什麼特別的……啊，或許能碰到可愛的女孩子呢……貓耳女孩。」

這時，我很確定。

這傢伙果然是保羅的兒子，擁有格雷拉特家的血統。

沒錯，不知為何，格雷拉特家的人們總是以奇妙的眼神看我。

如果是被當成女性欣賞倒也無所謂，但不是那樣。

而是一種非常奇異的視線。

基本上，雄性這種生物都會注意我的胸部。首先看臉，再裝出似乎在看其他地方的樣子，然後找機會偷瞄胸部。之後，視線會直線往下降，往腹部、胯下、大腿移動。如果是來自後方的視線，則是會看我的屁股。

算了，反正被看也不會少塊肉。

但是，格雷拉特家的男人不同。

一開始我還以為他們也是在注意我的臉和屁股。然而只是看看也無所謂，反正他們應該並不期待有更進一步的發展。

那種口味特別的人大概也只有保羅。

原本這樣想的我卻發現他們視線的焦點位置有點奇怪。

看著臉部的視線太往上，看著屁股的視線卻有點偏外側……

我還在想他們到底是在看什麼，原來是耳朵和尾巴。

不管是艾莉絲大小姐，紹羅斯大人，還有菲利普大人都一樣。

搭馬車去迎接魯迪烏斯前，我第一次開口詢問為什麼那麼注意我的耳朵。

結果菲利普大人面不改色地斷言：

「因為『伯雷亞斯』喜歡獸族。」

他邊回答，眼睛邊盯著我的耳朵。

另外他還說明，魯迪烏斯雖然沒有繼承身為貴族的名字，不過是「諾托斯」一族所以和他們不同。

「不過呢，畢竟是保羅的兒子，肯定很喜歡女性。」

之後又追加這麼一句。

當時我也覺得應該是那樣吧。

然而實際見面後，卻發現魯迪烏斯紳士得不像是保羅的兒子。

而且也努力得不像是保羅的兒子，勤勞得不像是保羅的兒子，禁欲得不像是保羅……啊，最後這點要收回。

話雖如此，我的確曾經懷疑過他或許不是保羅的兒子。

不過，我的想法改變了。

毫無疑問，魯迪烏斯．格雷拉特繼承了保羅的血緣。

「果然你是保羅的兒子，光是語言相通的同種族還無法滿足嗎？」

「我只是開玩笑而已，請不要那樣說我。」

也不完全是在開玩笑吧。

這傢伙將來會成為花花公子。

最近艾莉絲大小姐看著魯迪烏斯的眼神開始染上一點特別的感情。雖然我對男女情愛方面並不太理解，但這點程度還是能明白。那樣子跟開始被保羅吸引的塞妮絲一模一樣。

至於魯迪烏斯本人，最近似乎在學習魔神語。

獸族之後是魔族嗎？那少年將來是不是打算展開追尋全世界女性的旅途？

保羅以前也提過類似的事情。

說什麼想跑遍中央大陸建立後宮之類。

結果在米里斯大陸上被塞妮絲逮住後似乎斷了這念頭，不過他的意志看來有人繼承。

這對父子真是亂七八糟……
不，我對魯迪烏斯抱著敬意。
不是謊話，我輕蔑的對象只有保羅。
魯迪烏斯只是有露出一點跡象，但他什麼都沒做。
他是值得尊敬的少年。
嗯，至少目前還是。
「妳怎麼了，基列奴？」
我正在思考，卻發現艾莉絲大小姐已經來到眼前。
她也在這兩年內成長了不少。
我和艾莉絲大小姐是在大約五年前相遇。
當初我認為她是個完全無法管教的任性女孩。
第一天上劍術課時，被我充分「照顧」到根本站不起來的她卻在半夜裡拿著木劍跑來偷襲。
反擊後雖然安分了一陣子，但之後好幾個月，她依然虎視眈眈地想逮住我的破綻。
我以前也是個相當調皮的小鬼，所以對這種行動產生親近感。
覺得自己以前大概也是這種樣子吧。
剛開始教導她練習劍術時，她總是滿嘴抱怨，一下子不要這樣做一下子不要那樣做。
這方面到了最近也安分不少。

大概從去年的生日開始，艾莉絲大小姐就變得不太會大叫大嚷，也不會再把衣服弄髒。

與其說是禮儀規矩課程的功勞，還不如說是想給魯迪烏斯好印象吧。

我猜，大概是魯迪烏斯在她十歲生日時講了什麼。

肯定是用保羅直傳，會讓人的子宮深處都超有感覺的花言巧語來籠絡了她。

話說起來，十歲生日那天，艾莉絲大小姐好像是睡在魯迪烏斯房裡。

難道……不，不可能吧，再怎麼說兩個人都還太小了。

不過，就算哪天這兩個人成了配偶，我也不會感到訝異。

能夠掌控艾莉絲大小姐的男人肯定不多。

「我在想魯迪烏斯的事情。」

「哦？為什麼？」

艾莉絲大小姐歪著腦袋發問。

她的眼裡略有一點嫉妒的神色。

不必擔心，我不會跟妳搶。

「不知道他為什麼要學習魔大陸的語言。」

「他以前不是說過嗎？」

他有說過嗎？

我自認有把魯迪烏斯的教導都好好記住，但想不到他突然開始學習語言的理由。

「說了什麼？」

「他說因為可能會有什麼用啊。」

話說起來，在魯迪烏斯來這裡沒多久的時期，他的確曾經在商店裡邊抄寫商品名和價錢邊提出這種說明。

結果，那種行為有帶來什麼幫助嗎？

對了，以前同一支隊伍裡的盜賊很清楚消耗品的行情。

有一次突然找到某間店，說這裡的治療藥只有市價的一半所以要屯貨，結果卻被騙買下了劣質品。真是討厭的回憶。

不過仔細想想，如果不清楚行情，即使是以兩三倍的價錢買到劣質品，我也不會察覺。那時雖然我說自己也不懂有什麼用，但好好思考過後就能理解，對行情這種東西果然還是該有一點知識。

由於魯迪烏斯教導我算術，現在已經不會在找零時受騙，但也有可能從一開始的價錢就有問題。

雖說也不是學了算術就可以成為商人，但還是有很多狀況會應用到。

「魯迪烏斯在做什麼並不重要，反正再怎麼想也弄不懂。比起那種事，基列奴，如果妳有空的話就陪我練習劍術吧。」

艾莉絲大小姐最近對劍術變得非常熱心投入。

雖然我不清楚理由，但或許是因為她開始感覺到類似焦躁的心情。

魯迪烏斯現在是九歲，大小姐認識魯迪烏斯時也是九歲。

和當時的大小姐相比，一眼就可以看出現在的魯迪烏斯更穩重。

讀寫、算術、魔術自不用說，甚至還具備社會常識和溝通能力。

即使對規矩不熟悉，卻懂得禮儀。行為處事也像商人那般仔細周到。

還具備幽默感。雖然那些有點好色的惡作劇顯得特別刺眼，但那也算是可愛之處吧。

讓人懷疑他真的是九歲嗎？

如果只以文字交流，即使他自稱是四十歲上下，我恐怕也會相信。

話說起來，在王龍王國那邊好像正流行著這種詐欺。據說有能夠讀寫的賊人偽裝成貴族青年寫信給貴族家子女，耗費長時間取得信任後，在某天突然把對方找出來，然後綁架賣給奴隸商店。

艾莉絲大小姐或許是希望自己至少能在某一方面贏過多才多藝的魯迪烏斯。

而這個「某一方面」正是劍術，所以我當然非常高興。

「好啊，艾莉絲。我們去中庭吧。」

「嗯！」

艾莉絲大小姐很有精神地點點頭。

她擁有劍神流的才能。

只要像這樣繼續認真走在劍術之路上，或許總有一天會成為能超越我的高手。
現在雖然還是中級，但三年間持續專心教導基礎的結果開始在最近實際展現。
她進攻時的踏步很俐落，也很迅速。
身上也開始會出現「鬥氣」。只要能基於自我意志來掌控「鬥氣」，就能正式成為劍神流的上級劍士。
若能完全駕馭，那就是劍聖。
我想那樣的未來應該不遠。
雖然現在還不確定艾莉絲大小姐能成長到什麼地步，不過要是她在我教導的期間內成為劍聖，就帶她去和師傅見一次面吧。
如果有可能，希望魯迪烏斯也一起來。
師傅會露出什麼樣的表情呢？
真讓人期待。

名字：艾莉絲・B・格雷拉特。
職業：菲托亞領主的孫女。
個性：有點凶暴。
我方吩咐：老實聽從。

讀寫：書寫方面也進步了。
算術：還不擅長除法。
魔術：完全無法學會無詠唱。
劍術：劍神流‧中級（快要到達上級）。
禮儀規矩：能模仿淑女。
喜歡的人：爺爺、基列奴、魯迪烏斯。

第七話「諾言」

如此這般，我快要十歲了。

這兩年間都花在學習語言上。
除了魔神語和獸神語，還學會鬥神語。
鬥神語和人類語相當類似，沒費太大工夫。
就像是在英文中夾雜著一點點德文的感覺。
只有單字和一些慣用說法不同，文法的基礎和人類語言一樣。

這個世界的語言並不是那麼困難，只要學會一種，就可以應用到其他語言上。是不是因為受到波及全世界的戰爭影響呢？

不過天神語和海神語不但沒有文獻，也找不到使用這些語言的人，因此無法學會。

算了，既然已經學會四種語言，在將來的人生中應該十分夠用吧。

劍術方面，似乎總算可以升上中級。

艾莉絲在短短兩年中就從中級成為上級，因此我已經無法擔任她的對手。

我感受到才能的差距。

算了，艾莉絲似乎連假日都有在努力練習劍術，也難怪會這樣。

我把時間花在學習語言上，她則是投入劍術。

當然會出現差距。

魔術方面，頂多只有利用製作人物模型來訓練。

由於現在變得能進行更精細的作業，應該多少有進步。

話雖如此，的確是碰上了瓶頸。算了，這方面只要進了魔法大學再努力就行了吧。

不需要特別著急。

話說回來，我來到這世界已經快十年了嗎？

讓我覺得相當感慨。

★★★

在距離我生日大約還有一個月的那時候起，以艾莉絲為首，宅邸裡的人們開始忙碌起來。

出了什麼事呢？

該不會是有哪個重要人物要來吧？例如其他格雷拉特家的成員，或是艾莉絲的未婚夫之類……

不，不可能吧，應該不可能。

艾莉絲如果有未婚夫，感覺會讓人發笑。

不過還是覺得有點不安，所以我決定稍微調查一下。

我在艾莉絲後方施展華麗的跟蹤術，最後目擊她在廚房和女僕們開心對話的場面。

基列奴也在場，但她似乎沒有注意到我的存在。

強悍的獸耳劍士正目不轉睛地盯著還沒料理的食材（生肉）。

「真期待看到魯迪烏斯嚇一跳的樣子！說不定會高興到哭呢！」

「這個嘛……按照魯迪烏斯大人平常的樣子，就算內心吃了一驚，也有可能不會表現出來喔。」

「可是，他應該會感到高興吧？」
「那是當然，因為他是旁系，應該吃了不少苦。」
其實我根本沒吃苦……
不過，她們到底在討論什麼呢？
是在講我的壞話嗎？雖然我有自信相處得很好，但該不會只有自己如此認為，其實這個家的人都討厭我嗎？
如果真是那樣，我敢說自己會哭。
也有自信可以把枕頭弄得跟濕紙巾沒兩樣，害女僕的工作增加。
「要趕上魯迪烏斯的生日才行！」
「心裡再怎麼急也無法做好喔。」
「要是做不好，他會不會不肯吃？」
「不，我想無論是什麼東西，魯迪烏斯大人都會願意吃下去。」
「真的嗎？」
「是的，只要紹羅斯大人在場就一定會。」
啊，這個……難道是那個嗎？
在準備生日的驚喜宴會嗎？
「如果魯迪烏斯不是出生在那種家系就好了……」

艾莉絲似乎很同情地說道。

原來如此……我理解來龍去脈後，悄悄離開現場。

看樣子我是個不太能公開的人物。我原本還以為也對啦，畢竟我是那種傢伙的兒子，不想公開也是正常。不過當然，實際上並不是因為這樣。

這是我這幾年才得知的事情。

保羅的本名是保羅・諾托斯・格雷拉特。

「諾托斯」是他的貴族名。

保羅在很久以前被諾托斯家斷絕關係，不知道是他弟弟還是堂兄弟成了現任當家。

這部分就算了，反正是過去的事情。

然而，似乎有些人並不認為，也不願意這件事情就這樣結束。

也就是因為諾托斯現任當家是比保羅還糟糕的人渣，因此試圖把他拉下來換人上台的一派。

現任當家也對這些動靜很敏感，因此極力排除那些可能取代自己的人選。

因此，大肆聲張現在受到伯雷亞斯家庇護的我是諾托斯成員是一種不太妙的做法。

雖然我完全沒有那種意思，但這種現狀似乎也有可能會被視為「保羅的兒子獲得伯雷亞斯家這個後盾，打算奪回諾托斯家」。

畢竟所謂的掌權者都喜歡疑神疑鬼嘛。

最糟的情況，說不定會派出刺客對付我。

所以必須隱瞞我的身分。

理解這些內情後，再回來解釋偷聽到的那些對話。

也就是我原本應該擁有比艾莉絲更受重視的立場，現在卻被當成僕人使喚。

因此，就連在貴族中是慣例中的慣例，算是特別日子的十歲生日都不能大張旗鼓地舉辦慶生宴會。

可憐，真的很可憐。

於是艾莉絲找了祖父大人，也就是紹羅斯提出久違的任性要求，最後似乎決定要私底下舉行一場慶生會。

只有宅邸內成員參加的小型家庭派對。

為了我。

這真是讓人感動落淚的心意。

話說回來真是好險啊。

雖然我有這種知識，但實際上並沒有意識到十歲生日是特別的日子。

更何況我常識裡的慶生會並不是艾莉絲生日那時的大規模宴會，而是小型的家庭派對。

所以就算告訴我要舉行一場只有自己人參加的慶生會，我大概也只會回答：「噢，是這樣嗎？謝謝。」吧。

這次是艾莉絲的企畫。

她身邊也沒有年紀差不多的小孩，應該是第一次做這種事情。

如果我沒有表現出高興反應，她會很失望。

先利用水魔術來練習假哭好了。

我可是個懂得察言觀色的男人。

★★★

當天。

我裝出沒發現宅邸裡慌亂氣氛的模樣。

下午課程結束進入空閒時間後，基列奴前來我的房間。她難得這麼緊張，連尾巴都豎了起來。

「在……在魔術方面有件事想問一下。」

平常絕對不會從獵物身上移開的視線目前卻在亂飄。

看來是想把我困在這房間裡。

好吧好吧，我就配合一下吧。

「哦？什麼事？」

我開口反問。於是，大概已經是先想好答案了。

她看著我的雙眼以認真語氣如此回答：

「能不能讓我看看聖級的魔術呢？」

「是可以，但會對城鎮造成損害喔。」

「什麼？那是什麼樣的魔術？」

「水聖級是暴風和雷雨，要是好好加油，大概可以把這個城鎮淹沒吧。」

「真驚人……下次請一定要讓我見識見識。」

她很難得地一直抬舉我。

原來是這種作戰嗎？

好，稍微鬧一下她吧。

「我知道了，既然妳都講到這份上，那我就實際示範吧。只要騎馬移動約兩小時，應該就可以讓城鎮脫離魔術的範圍。現在就出門吧。」

基列奴的臉部肌肉抽動了一下。

「兩小時！不……等一下，現在出門的話要到晚上才能回來，那時容易出現魔物，就算是平原也會有危險。」

「是嗎？不過既然基列奴妳也在，應該沒問題吧？因為妳有說過獸人族對聲音很敏感，所以也很擅長夜裡的警戒。」

「的確是那樣沒錯，但不能過度自信。」

「也對，使用聖級魔術會消耗相當多魔力，下次的假日再去好了。」

「啊……嗯，對啊，就那樣做吧。」

我在正好告一段落時結束話題。

由於基列奴平常無論碰到什麼狀況都很冷靜，捉弄她還挺有趣。

她一動搖，尾巴就會「唰！」地豎起來。

我只不過講一句話，就能讓她的尾巴產生反應。

光是看到這一幕，就莫名有種幸福的感覺。

「啊，話說起來我連杯茶都沒倒給妳，真不好意思。我去要個熱水。」

「不不，不必介意！別動！我口不渴。」

「是嗎？」

算了，要熱水的話我自己就能製造，不過她好像沒發現，所以我也沒打算講明。

好，看基列奴這態度，肯定會盡全力阻止我外出。

趁機稍微性騷擾一下吧。

「對了，關於我現在正在製作的人物模型……」

於是我從櫥櫃裡拿出製作中的十分之一基列奴模型。

和一開始時的成品相比，我有信心已經進步不少。

這個肌肉線條有專家水準吧。

基列奴看到模型後，感嘆地呼了一口氣。

「這是我嗎？做得真不錯。之前你製作艾莉絲大小姐的模型時也做得很好……嗯？怎麼沒有尾巴？」

「因為這方面的知識實在不足，我以前都是靠想像在製作。但這次的成果不錯，所以我想要更追求真實感。」

「嗯。」

基列奴甩甩尾巴，表現出像是在思考的態度。

哼哼，真期待她會露出什麼表情。

「可以讓我看一下尾巴的連結部分嗎？」

「小事一樁。」

基列奴說完，就對著我露出屁股。

毫無任何猶豫。

我眼前出現基列奴那被肌肉覆蓋的屁股，以及尾巴連結身體的部分。

了不起！不愧是我們的基列奴！

真有男子氣概！這下我沒有勝算！

不，別畏縮，還沒結束。這是難得可以對防守堅固的基列奴公然毛手毛腳的機會，接下來才是勝負關鍵。

「可……可以稍微碰一下嗎？」

「嗯，當然可以。」

我把手輕輕貼上去。

好硬！

咦！

等一下，這是屁股？

是屁股沒錯吧？

好厲害啊，硬得跟鐵沒兩樣。不過該怎麼說？也可以感覺到柔軟度。

要怎麼形容……是理想？

是讓人崇拜的肌肉，也是只要身為男人都曾經憧憬過的肌肉。

是同時兼具紅肌(red muscle)與白肌(white muscle)雙方性質的粉紅色肌肉！

面對這種肌肉，要產生情欲是有點困難的事情。

肌肉大神是和色情大神分處極端位置的可敬存在。

神明保佑，神明保佑，請把肌肉也賜給我……

「已經可以了。」

我帶著被徹底擊敗的心情抽回放在基列奴屁股上的手。
她把褲子重新穿好，轉身面對這邊。
「我有一次看到艾莉絲大小姐找畫家畫了自畫像，所以我也想讓自己現在的模樣留下紀錄。很期待你完成作品。」
她很平常地露出高興的表情。
我真的覺得輸了。
身為一個男人，在男子氣概上輸給她。
憑我贏不了基列奴的帥氣嗎……
「……差不多該吃晚飯了吧。」
「噢……呃，應該還要過一會兒吧。」
最後我又讓她尷尬得豎起尾巴時，正好女僕來通知我們去用餐。
「好，魯迪烏斯。吃飯了，走吧！」
基列奴站了起來，像是在催促我。
看來正式好戲要上場了。

★★★

我一走入餐廳的那瞬間，掌聲響起。

在宅邸裡見過的人全都聚集在此。當然，包括紹羅斯和菲利普，甚至連很少看到的希爾達也在。

派對會場是平常的餐廳。

然而那裡已經被裝飾得很漂亮，還擺放著平常不會看到的豪華料理。

不管是料理還是裝飾，都比不上艾莉絲的生日宴會。

然而和她那時不同，現在呈現出一個不是刻意賣弄，而是會帶來暖意的空間。

我刻意裝出一副什麼都搞不清楚的表情，環顧周遭。

「這……這是？」

回頭一看，連基列奴也在拍手。

「咦？咦？」

我演出很慌張的反應。

「魯迪烏斯！生日快樂！」

穿著大紅色禮服的艾莉絲抱著一大束花。

我保持驚慌表情收下那束花。

「啊，對喔，我今天十歲了……」

我刻意以像是現在才察覺的態度講出之前已經練習過的台詞。

接著，也按照練習讓臉部表情扭曲，再用袖子蓋住眼睛。

同時使出水魔術，讓眼裡湧出淚水。

過了一會之後，鼻子深處就塞住了。

「對……對不起……我……我是第一次……第一次碰到這種狀況……來到這裡……一直以為自己不可以失敗，也一直以為自己不受歡迎……萬一失敗，會給父親大人造成困擾……所……所以沒想到……居然大家會願意幫我慶祝……嗚……嗚嗚……」

我放下手之後，看到艾莉絲一臉啞口無言的表情。

菲利普和紹羅斯還有宅邸裡的人們也都停止鼓掌，一個個愣住。

糟了，我的演技太遜了嗎……？

不，不對。

是相反吧，太高明了。

糟了，早知道不要演得那麼過火。

唉，居然會盤算這種事情，我也成了討厭的大人……

算了。

貫徹初衷，繼續這樣下去吧。

艾莉絲驚慌失措地問著管家該怎麼辦。

我哭了是那麼嚴重的事件嗎？

因為艾莉絲很可愛，所以我伸手抱住她。

接著用哽咽的聲音在她耳邊輕聲道謝：

「艾莉絲，謝謝妳……」

「別……別客氣！因為魯迪烏斯你是家……家人嘛！所以當然嘛！身……身為格雷拉特家，這點小事不算什麼！對吧？父親大人！祖父大人！」

平常的艾莉絲大概會說「你要懂得感謝！」不過現在卻徵求著菲利普的贊同，像是在找什麼藉口。

結果，紹羅斯突然大吼：

「開……開戰了！要和諾托斯開戰！把皮列蒙那傢伙殺了，讓魯迪烏斯坐上當家之位！菲利普！阿爾馮斯！基列奴！快跟著我！首先要召集軍隊！」

就這樣，伯雷亞斯·格雷拉特家和諾托斯·格雷拉特家之間的戰爭拉開序幕。

以血洗血的戰爭牽連到另外兩個格雷拉特家，讓阿斯拉王國陷入漫長內亂的歷史。

……當然這種事情並沒有發生。

「父……父親大人！您克制點！請克制一點！」

「菲利普——！你要妨礙我嗎！你應該也覺得比起那種混帳蠢蛋，魯迪烏斯成為當家會比較好吧！」

「雖然我的確那樣認為，但您冷靜點！今天是可喜可賀的日子！而且開戰是不行的，澤費洛斯家與艾烏洛斯家也會和我們為敵！」

「蠢貨！我一個人也能贏給你看！快放開我！放開我啊！」

紹羅斯就這樣被菲利普拖了出去。

即使離開餐廳，暫時也還聽得到他的吼叫聲。

大家都目瞪口呆。

「嗯……嗯哼！」

艾莉絲刻意咳了一聲。

「先……先不管祖父大人……今天準備了會讓魯迪烏斯嚇一大跳的禮物！」

面紅耳赤的她得意洋洋地挺起胸膛。

那是可愛的胸部，最近稍微成長所以也開始能穿上胸罩了。

不過，雖然現在只能算是可愛，但仙人說過將來會發育到相當囂張的程度。

謝謝您，仙人。

「會讓我嚇一跳的禮物？」

「你認為是什麼？」

會讓我嚇一跳的禮物。

是什麼呢?收到會感到高興的禮物。

電腦和色情遊戲?不對不對。

一定是艾莉絲會聯想到的東西。

我的境遇。和家族分開，好幾年來都只有自己一個人。應該很寂寞吧。

在這種情況下度過的生日。

如果艾莉絲是我，收到什麼禮物才會開心?

應該是基列奴或祖父大人前來為自己慶祝吧。

所以代換成我這邊就是……

「難道是父親大人來了……?」

我一說出這句話，艾莉絲的表情就沉了下來。

不只她，連女僕和管家也換上似乎很心痛的表情。

我猜錯了嗎?

「保……保羅……叔叔說最近森林裡的魔物變活躍了所以沒辦法過來……不，不過他也有說就算他不在，魯迪烏斯你也不會有問題……塞妮絲嬸嬸是因為小朋友突然發燒所以……」

艾莉絲吞吞吐吐地回答。

啊~原來真的有邀他們過來喔。

算了，這也沒辦法。畢竟那個村子相當依賴保羅，而且既然妹妹們生病了，也不能全丟給莉莉雅。

雖然很想看看久違的他們，但也沒關係。

「呃……那個……魯迪烏斯，就是啊……」

艾莉絲又開始手足無措。

真像是平常強勢的貓咪遇上困擾，有夠可愛。

放心吧，保羅不要在場反而比較好。

「這樣啊，父親大人和母親大人都沒有來嗎……」

我本來打算裝出不太介意的樣子，結果因為剛剛哭過所以語帶哽咽。

看起來應該相當失望吧。

女僕中甚至有人開始啜泣。

我失敗了……原本並不想營造出這種氣氛。

抱歉，我這人果然還是很不識相……

正在這麼想，希爾達卻突然跑了過來，把我抱進懷中。

我不由得放開花束。

「嗚哇！」

我和希爾達幾乎沒說過話。

她擁有和艾莉絲相同的紅髮，是個散發出寡婦般魅力的妙齡美女，也很像是那類標題就註明少奶奶或寡婦等的色情遊戲裡會出現的角色。當然，只要菲利普活著，她就不會成為寡婦。

簡而言之，這個人……好大！胸部好大！

難道艾莉絲成長以後也會到達這個水準嗎？

「不要緊，魯迪烏斯，你可以放心。你已經是我們家的小孩了！」

把我緊緊擁裡懷中的希爾達放聲大叫。

咦？這個人不是討厭我嗎？

「我不會讓任何人提出反對意見！你可以成為養子……不，和艾莉絲結婚吧！沒錯！這是個好主意！就這樣做吧！」

「母……母親大人？」

希爾達突然開始失控。

結婚？

連艾莉絲也忍不住大吃一驚。

「艾莉絲！妳對我們家的魯迪烏斯有哪裡不滿嗎！」

「魯迪烏斯才十歲啊！」

「年齡根本不是問題！妳也不要老是找些藉口，要更加磨練自己的女性魅力！」

「我有啊！」

面對失控的希爾達，艾莉絲努力反駁。

雖然聽說她是外面嫁進來的人，但果然這個人也是格雷拉特一族嗎？

展現出和紹羅斯類似的風格。

「好好好，下次再說吧。」

「呀！老公！你做什麼！快放開我！我必須拯救那個可憐的孩子！」

控制住紹羅斯並回到餐廳的菲利普華麗地強制希爾達退場。

即使在所有人陷入混亂時，菲利普也能保持冰般冷靜並觀察狀況。

真酷，是大魔導士，也是可靠的男人。能夠作為各方面的典範。（註：出自漫畫《勇者鬥惡龍 達伊的大冒險》中的馬特利夫）

好吧，我得提起精神。

「所以，那個會讓我嚇一跳的禮物到底是什麼？」

撿起花束後，我重新提問。

於是艾莉絲雙手環胸，用力挺起胸膛，還抬起下巴，擺出常見的那姿勢。

感覺好像很久沒看到她這樣做。

「哼哼哼！阿爾馮斯！拿出『那個』！」

艾莉絲原本要打響手指，結果卻失敗了。

她羞得滿臉通紅，但阿爾馮斯卻毫不介意地從我視線死角的雕像後方拿出一把長杖。

一根杖。

和洛琪希擁有的東西類似，是魔術師用的杖。

是一把有著凹凸彎曲的木製權杖，前端裝著一顆似乎很高價的大型魔石。

我一眼就看穿。

這把杖——很貴。

因為我自己製作了兩根魔杖，所以看得出來。

首先魔杖的等級是根據杖柄使用的木材，以及前端的魔石來決定。

木材方面會影響到和各系統間的適性。

例如和火、土系統相配的角烏，還有和水、風系統相配的槐木都很常見。

不過，就算適性不合也不會造成威力減弱，因此其實什麼材料都行。

重點是魔石。

光是讓魔力通過魔石，就能增加魔術的威力。

雖然魔石有好有壞，但魔石越透明而且體積越大，效果就會越好。

價錢也會隨著效果增加，而且以天文學上的數字幅度來成長。

例如我做給艾莉絲和基列奴的魔杖，使用的魔石是一顆要價一枚銀幣。

雖然還有更便宜的東西，但我努力回想洛琪希送給我的魔杖，選擇了相同的尺寸。

大約只有小指尖般大。

眼前這個拳頭大小的魔石應該隨隨便便就會超過一百枚金幣吧。

更不用說這顆魔石是群青的水魔石。

有顏色的魔石能大幅強化和顏色相對應的系統。

當然價錢也……（以下省略）。

這東西到底要價多少……

順帶一提，在迷宮裡能取得的魔力結晶也是一種魔石，然而和魔石不同，不具備讓魔力增幅的效果。不過相對的，魔力結晶內含魔力，因此不會被用來製作魔杖，而是使用在魔道具和必須消耗大量魔力的大型魔術上。

「看來你有喜歡呢！」

我正在評估這把魔杖，艾莉絲一臉滿足地點點頭。

「阿爾馮斯，說明吧！」

「是，大小姐。魔杖的素材使用了棲息於米里斯大陸，大森林東部的長老魔木的手臂製成。我想博學的魯迪烏斯大人應該知道，長老魔木據說是小型魔木從妖精之泉吸取養分後才會誕生的上級亞種，也是能使用水魔術的A級魔物。魔石是在貝卡利特大陸北部，從落單的海龍身上取得，這也是層級A的珍品。製作者則是阿斯拉王國，宮廷魔術團中首屈一指的魔杖製作師，權・布羅奇翁。」

阿爾馮斯長篇大論地說明。

真驚人，根據他說的內容，應該是專門針對水魔術？

不過應該很貴吧？

「大小姐，請親手把這把杖賜給魯迪烏斯大人。」

魔杖被交給艾莉絲，她親手遞給我。

這時候就別計較價錢了。雖然我平常教導艾莉絲不可以亂浪費錢，但今天是生日，應該可以放開一點吧？而且好像是特地為我訂製的東西，要是拒收會很尷尬。

所謂的金錢，就是該用在這種東西上。

「名稱是『傲慢水龍王』。」

我準備接過魔杖的手頓了一下。

剛剛好像聽到什麼有點中二的名詞？

「快收下吧！這是格雷拉特家送你的禮物！是父親大人和祖父大人幫忙去訂做的！因為魯迪烏斯明明是很厲害的魔術師，沒有魔杖也太奇怪了！」

我聽到艾莉絲的聲音後，才回神接過「傲慢水龍王」。

和外觀相反，這把杖相當輕。

我用雙手拿起魔杖揮動幾下，揮起來相當順手。

明明魔石很大一顆，但整體重心的平衡卻抓得很好。

不愧是一分錢一分貨。

只是名字實在……

「謝謝。不光是慶生會，還送我這麼高價的……」

「你不需要計較價錢！好，趕快繼續派對吧！要不然特地準備的料理會冷掉！」

艾莉絲興高采烈地拉著我，來到前方放著巨大蛋糕的壽星席。

「我也有幫忙喔！」

她第一次親手製作的料理味道很可怕，但還是很好吃。

★★★

派對開始後，艾莉絲就像是機關槍般地講個沒完。

這個料理是怎樣，買魔杖的時候又是怎樣。

我邊點頭邊聽她說，不過或許是累了，從途中起她越來越少開口，漸漸地還打起瞌睡，最後不小心睡著了。

不知道是因為興奮過頭，還是因為繃緊的情緒終於放鬆……

基列奴以公主抱的方式把艾莉絲送回寢室。

辛苦了。

紹羅斯和希爾達也在途中回來加入派對。

紹羅斯想讓我喝酒卻遭到菲利普阻止，有點鬧起彆扭，不過後來由希爾達為他斟酒，最後喝得爛醉。他在紅通通的臉上掛著笑容，心情愉快地笑著回房去了。

同時，希爾達最後也給了我晚安前的一吻，然後離席。

料理幾乎都吃完了，臉上帶著些許睡意的女僕們收走空盤。

餐廳裡只剩下菲利普和我。

只剩兩人之後，菲利普靜靜地喝著酒。

那是葡萄酒嗎？

我在艾莉絲生日時才知道，阿斯拉王國各區域會喝不同的酒。

這一帶通常是用麥子釀造的酒，不過慶祝時會準備用葡萄釀成的產品。

菲利普在派對上沒有說什麼話。

雖然有開口阻止紹羅斯和希爾達，但通常是笑容滿面地望著我們而已。

兩人獨處後，這樣的他突然開口喃喃說道：

「我啊……在繼承家業的鬥爭上輸了，所以現在只有艾莉絲這個孩子。」

好像是要談什麼正經話題。

我坐正身子，轉向菲利普那邊。

「對於艾莉絲為什麼沒有兄弟姊妹這事，你不會感到在意嗎？」

「是有一點。」

我靜靜點頭。

雖然在意，但結果還是沒有開口發問。

「其實並不是沒有，艾莉絲有一個哥哥一個弟弟，弟弟大概和你同年吧？」

「因為捲入繼承家業之爭……所以死掉了嗎？」

於是，菲利普一臉詫異地望著我。

我忍不住直截了當地問了。

真沒禮貌。

「怎麼可能，他們沒死。只是一出生就被住在王都的哥哥奪走了。」

「奪走？是什麼意思？」

「表面上的理由，是要讓他們成為養子在王都念書。不過實際上只是……傳統吧。」

之後，菲利普為我說明伯雷亞斯家的傳統。

伯雷亞斯家的繼承者之爭，還有相關傳統。

紹羅斯有十個兒子。

其中有三個特別優秀。

菲利普。

高登。

以及詹姆士。

這些名字真像是火車頭。（註：出自兒童電視節目「湯瑪士小火車」，裡面有叫高登和詹姆士的火車頭）

紹羅斯決定要從三人之中選出下一任當家，並讓他們互相競爭。

直接講結論，下任當家是詹姆士。

菲利普和高登都輸了。

權力鬥爭的前半。

首先，詹姆士讓高登私底下結識艾烏洛斯·格雷拉特家的千金。

他刻意安排讓雙方在不清楚彼此身分的狀況下陷入熱戀。

高登的注意力都放在戀情上，最後在詹姆士的引導下閃電入贅。

成為伯雷亞斯當家的路也斷了。

權力鬥爭的後半。

菲利普和詹姆士的狀況不相上下。

雙方都在背地裡較勁，動用所有關係持續爭鬥。

並沒有發生什麼戲劇性的事件。

只是，菲利普就是輸了。

大概只能說是輸在基礎實力的差距上吧。

詹姆士比菲利普年長六歲，在王都交遊廣泛，還擔任大臣的助理。有人脈，有錢，而且最重要的是已經掌握權力。

菲利普雖然也很優秀，但實在無法彌補這六年的差距。

詹姆士成為伯雷亞斯的當家後，安排菲利普擔任菲托亞領地的羅亞市長。

菲利普當時尚未認輸也試圖東山再起，然而菲托亞領地是個鄉下地方，很難累積實力。

詹姆士沒有離開王都，趁菲利普還在困苦掙扎時已經當上大臣，建立起磐石般的地位，形成決定性的差距。

之後，據說只要菲利普生出兒子，詹姆士就會宣稱要收為養子並把孩子奪走。

「居然把男孩都帶走，這不是太蠻橫了嗎？」

「也還好，反正是傳統。」

在伯雷亞斯．格雷拉特家出生的男孩全都由下任當家養育。

這種措施，是為了讓權力鬥爭中的敗者無法參加下一代的權力鬥爭。

也就是避免敗者擁立兒子並參加權力鬥爭。

這是常有的事情，以前的阿斯拉王國似乎也經常中了這招。

所以把男孩帶走是為了防止這一點的對策。

高登入贅的艾烏洛斯家似乎有不同做法，不過菲利普則是按照傳統，把男孩全都交給詹姆士。
在孩子懂事之前，讓他們以為詹姆士是父親。
「如果我贏了，立場會是相反。」
菲利普能接受這種做法。
或許他本人也不是紹羅斯的親生兒子。
然而，身為夫人的希爾達卻是另一回事。
「被安排」給菲利普的她是普通的貴族女性。
才剛出生的孩子被人帶走，似乎讓她內心充滿不安。
在長男被奪走後，她有好一陣子都處於情緒不穩的狀態。
生下艾莉絲後有安定下來，但是連艾莉絲的弟弟都被帶走，所以好像又變得不太穩定。
「她很討厭你。覺得為什麼自己的兒子不在這裡，卻有外面來的小孩旁若無人地在家裡亂晃。」
我其實有察覺到她討厭我。
不過原來是因為這種理由啊。
「而且，留下來的艾莉絲又是和淑女相反的野丫頭，讓我覺得實在無計可施了。」
「所謂無計可施是指？」
「就是很難利用女兒讓詹姆士垮台。」

垮台……

啊，這個人還沒放棄伯雷亞斯家的大位嗎？

「不過最近看著你，我又湧上一點希望。」

「……噢……」

「你擁有足以騙倒希爾達和父親的演技。」

看來菲利普有察覺我是在演戲。

不過說騙倒實在太難聽了，我只是做出避免氣氛變差的行動而已。

「而且很清楚金錢的重要性，也懂得什麼叫作社交辭令。為了取得人心，甚至不惜親自挺身而出。」

親自挺身而出……是在說那次綁架事件嗎？

還是指被艾莉絲打了好幾年的事情？

「而且最重要的是，多虧有你，艾莉絲才能成長那麼多。」

這一點出乎意料……菲利普如此說道。

雖然保羅宣稱自己的兒子很優秀，但畢竟保羅從小就把掀女僕裙子視為人生的意義，這種傢伙的兒子充其量應該也只是個還算聰明的調皮小鬼吧。要是讓他和自家的調皮小鬼互相衝突，說不定會引起什麼有趣的化學反應。

菲利普之前的心態似乎就是這種程度而已。

「真懷念保羅哭著跑來找我求情的日子。」

菲利普得意地說道。

開口發問之後，才知道保羅曾經哭著來求菲利普，說因為要結婚所以需要一筆資金、住處，還有安定的工作，但他不想回去當上級貴族。

至於我這次，保羅好像還磕頭請託。

莉莉雅那次都沒有跪地求饒了……

算了，那不重要。

「就算沒有我，艾莉絲應該也會有所改變吧？」

「改變？怎麼可能。連我都已經對艾莉絲絕望了。甚至因為覺得她不可能擔任貴族，所以讓基列奴教導艾莉絲劍術，想看看將來是不是可以當上冒險者。」

菲利普這樣說完，才舉了幾個艾莉絲的英勇事蹟。

全都是一些讓人聽不下去的事蹟。

名為艾莉絲的暴君在九歲時已經成型。

「如何，你要不要和艾莉絲結婚，一起篡奪伯雷亞斯家呢？不然我現在就去把女兒的雙手綁起來，放到你的床上吧。」

這真是充滿吸引力的提案……

那個艾莉絲被綁起來，還任憑我處置。

畢竟我最近總是感覺到性欲高漲，居然能在最棒的情境中發洩，這難道不是趁機脫離「某種身分」的機會嗎？

不不，等一下。開什麼玩笑，先回去看清楚前一句話。

篡奪伯雷亞斯家？

「您想讓十歲小孩做什麼……」

「你是保羅的兒子吧？」

「我不是指那方面。」

「篡奪由我來負責，你只要坐著就好。要不然也可以再附上其他女孩。」

他該不會認為只要給我女人，我就會乖乖聽話吧？

都是保羅的臭名拖累我。

「……我就當作是聽了一席醉話吧。」

這樣回答後，菲利普輕聲笑了。

「是啊，那樣就好。不過，就算不牽扯到伯雷亞斯家，你還是可以對艾莉絲隨便出手喔。女兒沒有任何責任，反正嫁出去也會回來。要是你能收下，那是最好的結果。」

菲利普依然靜靜地笑著。

嫁出去之後沒幾天就把丈夫打死。

我隨便就能想像出那樣的艾莉絲。

還有也可以想像到自己一旦出手，就會被菲利普玩弄於股掌間的模樣。
「那麼，差不多該睡了。」
「是的，晚安。」
就這樣，艾莉絲主辦的慶生會劃下句點。

★★★

回到房間後，我發現應該早就去睡的艾莉絲卻坐在我床邊。
「你……你回來啦……！」
她身穿紅色的連身睡衣。
看起來特別性感。
艾莉絲過去應該不曾打扮成這種樣子。
這是怎麼回事，是不是裝大人裝得有點太過頭了呢？
是說，她不是早就去睡覺了嗎？
「怎麼這時間還過來？」
我這麼一問，艾莉絲就面紅耳赤地把臉轉開。
「因……因為魯迪烏斯一個人應該很寂寞，所以我今天要好心陪你睡……！」

看來我剛剛在派對上問父母怎麼沒來的行動讓她感到很介意。

畢竟艾莉絲本人都已經十二歲了，還貼在家人身邊嘛。

一想到我和家人卻三年沒能見面，或許讓她覺得很過意不去。

不對，說不定這是希爾達的策略。

是希爾達把艾莉絲叫醒，讓她換上連身睡衣，然後送來我房間。

「……」

不過這種樣子……

我仔細觀察艾莉絲。

雖然體型還很難算得上有女人味，不過依然可以看出是女孩子的身體。或許是因為有練習劍術，艾莉絲的手腳修長緊實。而且不知道是因為穿著連身睡衣，還是因為這種在女生裡算是比較高挑的身高，讓她現在看起來比平常更成熟。

艾莉絲已經十二歲了，進入我的好球帶。不過是顆外角偏低接近邊緣的球啦。

我的身體還是小孩子，成為大人的那一天還沒到來。

不過應該差不多了吧？

在傲嬌蘿莉大小姐的第一次中迎接第一次的第一次……

想到這句話的瞬間，三十四歲居所不定也沒有職業（有點蘿莉控傾向）的傢伙就一口氣支配了我的大腦。甚至還看到一個臉上長滿青春痘還掛著噁心嗚呼呼笑容的傢伙打算襲擊艾莉絲的幻覺。

這剎那我又清醒了。

不行不行，我不能出手，會被菲利普掌控於股掌之間。

會自己踩入那種保羅選擇逃走，菲利普最後敗北的嚴苛權力鬥爭中。

我才不想牽扯上那種感覺沒啥好處的事情。

這次還是鄭重地請她離開吧。

「今……今天感到很寂寞，所以說不定會做一些色色的事情喔。」

艾莉絲平常就很討厭我的性騷擾行為，這樣說應該能逼退她。

我原本如此盤算，卻得到意外的回答：

「如……如果只是稍微……就……就可以！」

真的假的！

今……今天真積極啊，艾莉絲小姐。

大……大叔聽到這種話，可……可就無法忍耐喔。

該怎麼辦……

那……那就恭敬不如從命，稍微動手吧。

「……」

我在艾莉絲的身邊坐下。

床鋪稍微發出聲音。如果是生前的我，一定會造成嘎嘎嘎的驚人噪音，讓氣氛蕩然無存。

我腦袋裡已經沒在思考任何困難的事情。

會被玩弄於股掌之間？

有什麼關係。三年前那麼傲的艾莉絲現在嬌成這樣，誘人美食當前還不動手算什麼男人？

就算有點風險，也應該乾脆扛起來吧？

「妳的聲音在發抖耶。」

「你……你聽錯了。」

「真的嗎？」

我摸摸艾莉絲的頭。

她的頭髮很光滑。雖說是上級貴族，但這宅邸沒有浴室。

所以，並不是每天都能洗頭。

再加上每天從早到晚都在外面練習劍術，艾莉絲平常的頭髮應該更粗更亂。

今天是為了我特地打扮過，就為了我。

「艾莉絲真可愛。」

「什……什麼嘛！突然講這種話……」

連耳朵都紅透了的艾莉絲低下頭。

我摟住她的肩膀，在臉頰上親了一下。

「啊嗚……！」

艾莉絲的身子整個僵住，但是她並沒有試圖逃跑。

嗯，這個……真的可以呢。

「我要摸了喔。」

我忍不住把手伸向艾莉絲的胸部。

雖然還不顯眼，但已經開始發育。

這的確是女性的胸部。

是允許我觸碰的ＯＫ果實。

不需要像平常那樣戰戰兢兢，先做好會挨揍的心理準備才能出手。

即使隔著服裝，但我現在的確自由自在地擺弄著小蘿莉的胸部。

「嗯～……」

艾莉絲應該不是有感覺吧？

只是她也發現並明白這是讓人害羞的事情，只能強忍困惑和和害羞情緒，緊閉嘴巴噙著眼淚看向我。

真可愛。

我輕輕摸著她的背。

由於總是在練習劍術，艾莉絲的背部有著發達肌肉。

沒有基列奴那麼誇張。

不過卻是鍛鍊到剛好程度，還保持小孩特性的柔韌肌肉。

艾莉絲閉起眼睛，抓住我的肩膀像是在求救。

這……難道是ＯＫ嗎？

是ＯＫ吧？

可以進行到最後吧？

沒問題吧？

好……那麼，我開動了。

「……」

我把手伸向艾莉絲的雙腿間。

這是我第一次碰到女孩子的大腿內側。

很溫暖，但不光是柔軟，還可以感覺到那裡塞滿了肉。

「不要！」

咚！我被推了出去。

啪！臉上挨了一巴掌。

咚！接著被踹倒在地。

砰！遭到追擊。

砰！再度遭到追擊。
不知所措的我完全無計可施，只能毫無防備地承受所有攻擊。
然後保持仰躺姿勢，抬起頭往上看。
只見艾莉絲站了起來，面紅耳赤地瞪著我。
「我不是說稍微嗎！魯迪烏斯真是個大笨蛋！」
之後她狠狠踹開房門，也不關門就如一陣風般地衝了出去。

★★★

依然躺著的我愣愣地望著天花板。
剛剛整個發燙像是被什麼操縱的腦袋已經徹底冷卻。
「所以說處男就是不行……」
我對自己深惡痛絕。
完全誤判形勢，衝太快了。
從半途開始，就把「對方還是個小孩」這事給拋到腦後。
整個失去理智。
「唉！可惡！我到底在幹嘛……」

只是玩過很多十八禁遊戲，就以為已經理解女主角的心情嗎？

的確以前只要看到遲鈍系的主角，我就會不負責任地認為，趕快把女生推倒不就得了？

結果就是這樣。

站在玩家的觀點，的確能夠看到女主角的獨白。

然而從主角的觀點來看，卻無法得知那些情報。

所以世界上的遲鈍系主角即使確定自己喜歡對方，十之八九也會因為有可能發生這種狀況而裝作沒察覺，繼續慢慢縮短彼此距離。

和那些人相比，我真是有夠膚淺。

更何況我今天才和菲利普談過那些事情。

什麼叫作「我就當作是聽了一席醉話」？

說的話跟做的事根本完全相反。

明明很清楚要是真的碰了艾莉絲，結果會是如何。

推倒，搞大肚子，結婚。

會以華麗的連續攻擊來精彩加入伯雷亞斯家。

或者是都已經吃了人家，還要主張討厭那種骯髒卑鄙的權力鬥爭然後逃走嗎？

不打算負起責任嗎？

試圖拿一夜情當藉口嗎？

太愚蠢了。反正我肯定會像猴子一般，每個晚上都去糾纏艾莉絲。我生前算是性欲比較強的那一型，這個身體也不必去參考保羅的例子，顯然性欲旺盛。

不可能嚐過一次甜頭後就忍住。今天雖然是對方過來，以後就會是我主動吧。

菲利普和希爾達也希望那樣。

所以不會有任何人阻止我。

而我就會因為一時的快樂，陷入汙濁混亂的權力鬥爭中。

「啊。」

這時，我突然注意到立在房間角落的那根魔杖。

「……嗚！」

沒錯。

我連艾莉絲的心意都忘了。

雖然出資者是菲利普和紹羅斯，然而為了讓我開心而籌劃這場慶生會，還想到「送魔杖當禮物」這點子的人應該是艾莉絲吧。

而且還因為介意在派對上聽到的發言，所以特地在睡前來安慰我。

今天的艾莉絲一直在為我著想。

結果我卻順從欲望，試圖糟蹋她。面對單純以個人立場為我著想的女孩，我卻打算隨心所欲地擺布她。

快點回想起艾莉絲和女僕討論時的那張開心臉孔吧。

我剛剛的行為就是在踐踏她的心意。

「…………唉。」

我真是個人渣。

根本沒資格批評保羅，也沒有資格教導任何人任何事。

即使來到異世界，人渣也依舊是人渣。

明天就收拾包袱離開這裡吧。

人渣就該有人渣的下場，我該像個垃圾那樣倒在路邊死去。

「啊！」

等我回神時，才發現艾莉絲待在房門口。

只露出半張臉。

我慌慌張張地撐起身體，想要站直……不，直接跪地磕頭道歉吧！

「剛……剛剛真是對不起。」

我像隻烏龜般縮起身子，繼續磕頭。

「……」

偷瞄一眼後。

我發現艾莉絲眼神四處亂飄，還夾起大腿忸怩一陣子之後，開口喃喃說道：

「今……今天是特別的日子，所以我特別……原諒你……」
她……她原諒我了！
「因……因為我也知道魯迪烏斯是個大色狼嘛！」
是誰告訴她這種事！
不，我的確是色狼。
對不起，就是我，我是個淫魔。
是我不好，警察先生就是這邊，犯人就是我。
「不過……這……這種事情還太早了，所以……五年！再過五年，等魯迪烏斯成為大人之後，那時候……那個……在那之前，你必須好好忍耐！」
「遵命……！」
我叩頭下拜。
「那……那個，我要去睡了。再見，魯迪烏斯，晚安。明天起……還是要多多指教喔。」
艾莉絲語無倫次地說完後，真的離開這裡。
我可以聽到她越跑越遠的腳步聲。
先等到完全聽不到腳步聲後，我才關上房門。
「呼～～～」
我靠著門，整個人癱坐下來。

「太好了～～～」

幸好今天是我的生日。

幸好今天是特別的日子。

幸好我沒有做出更惡劣的行為。

「還有……太棒啦──！」

得到五年後的承諾！

那個艾莉絲！

居然給出承諾！

好，我不會再做出輕薄的行徑。

五年後。

那時我十五歲。

雖然是漫長的時間，但我可以忍耐。

既然有能夠確實入手的商品，我就能夠好好努力。

到期限為止，我都是紳士。不是變態，而是紳士。

也停止過去那種性騷擾行為吧。

就是要先放著沉睡幾年，酒的味道才會產生深度。

要是動不動就出手試吃，說不定反而無法享受五年後的味道。

電玩中的集氣射擊也是要集得愈久威力愈高，我要成為無論身處多麼誘人的場景也堅毅不屈的強韌男子漢。這次真的要成為遲鈍系男主角。

要把A鈕一直壓緊不放，直到五年後才鬆手。

我在內心如此發誓。

YES Lolita！NO Touch！（註：成人向漫畫雜誌《COMIC LO》的廣告標語）

嗯？

等一下，現在開始到五年後……？

遲鈍系？

我的腦中浮現出一臉蒼白但露出嫣然微笑的希露菲臉孔。

★★★

隔天早上，我醒來時發現染濕的內褲已經乾得硬梆梆了。

看來自己不小心放開了A鈕。

從……從明天開始加油吧！

順帶一提，我拜託來收待洗衣物的女僕不要把這件事情告訴艾莉絲後，對方就嘻嘻一笑，像是見到了什麼逗趣溫馨的場景。

有點丟臉。

名字：艾莉絲・B・格雷拉特。
職業：菲托亞領主的孫女。
個性：有點凶暴，**某些場合會很溫順。**
我方吩咐：老實聽從。
讀寫：**幾乎完美。**
算術：**也學會除法。**
魔術：學不會無詠唱，中級也沒什麼希望。
劍術：**劍神流・上級。**
禮儀規矩：**正在學習困難的宮廷禮儀。**
喜歡的人：爺爺、基列奴。
最喜歡的人：魯迪烏斯。

第八話「轉折點」

西隆王宮。

洛琪希・米格路迪亞望著窗外皺起眉頭。

天空的顏色很奇怪。

褐色、黑色、紫色、黃色。

變化成平常不會看到的天空顏色。

然而，洛琪希卻覺得這些顏色似乎在哪裡看過。

「那是怎麼一回事呢……」

她對色彩有印象。

但是從來不曾看過天空出現這樣的變化。

所有人都看得出來，那並不是單純的自然現象。

恐怕是基於某種理由的魔力失控現象吧？

那個規模……即使相隔遙遠，似乎也能看出魔力形成了漩渦。

觀察到此，洛琪希終於回想起來。

她一直覺得在哪裡看過那種發光的情況，原來是魔法大學和召喚魔法的光芒很像。

「那方向是東邊……是阿斯拉王國嗎？該不會是魯迪烏斯？」

洛琪希回想起過去身為自己弟子的一名少年。

那名少年在五歲時就已經可以一臉輕鬆地喚出風暴。

現在是十歲。畢竟他只用了一半年齡就完全控制住無窮無盡的魔力，或許能夠辦到眼前這種程度的事情。

最近寄來的信裡有提到他沒能學習召喚魔術。

不過，會不會是因為什麼理由而得到了教科書，或是找到了老師呢？

「有破綻！」

洛琪希正沉浸於思緒中，突然被人從後方抱住。

接著胸部遭到搓揉，同時大腿附近感覺到被硬物接觸。

「唉……」

洛琪希覺得很受不了。

隔著這一身厚厚的長袍，就算再怎麼揉再怎麼頂，應該還是摸不到什麼吧……

而且，無論動手者是想獲得什麼感覺，被害者還是會很不舒服。

「爆焰纏繞我身……『Burning Place』！」

「啊嗚！」

洛琪希讓身上出現火焰結界，把背後的人物彈飛出去。

雖然還無法像魯迪烏斯那樣完全不詠唱，但過了這五年，她已經能讓詠唱縮短不少。

聽說魯迪烏斯也有讓自己的徒弟練習無詠唱，所以自己也試著開始練習省略詠唱，不過這並不是簡單就能辦到的事情。

那個天才少年對弟子抱著多少期待呢？

實際上不是每個人都像他那麼具備才能。

洛琪希回過身子，把視線朝向倒在地上的少年。

「殿下，不可以從背後偷襲女性的胸部。」

「洛琪希！妳這傢伙是想殺了本王子嗎！我要把妳關進牢裡！」

西隆第七王子帕庫斯．西隆，是今年十五歲的調皮小鬼。

一開始還會覺得挺可愛，但最近不知道是不是對性產生了興趣，開始從大白天就發洩著毫不掩飾的性欲。

「那真是抱歉。如果那種程度就會死，表示殿下只擁有小蟲水準的生命力。」

「唔唔唔！這是不敬罪！不可原諒！如果希望本王子大發慈悲，立刻把斗篷掀起來讓我看看內褲！」

「我拒絕。」

已經有好幾個女僕被他染指，國王也覺得很煩惱。

最近似乎是想讓冷淡的家庭教師成為自己的人。

（到底是看上我這種土氣女人的哪一點？）

洛琪希無法理解。

不管怎麼樣，雖然遭到各式各樣的性騷擾，但洛琪希並沒有必要聽命。

因為和國家訂下的契約中有明記，即使王子耍任性，教師也可以自行酌情判斷。

在這城裡，直接聽從王子命令的人並不多。

充其量只是第七王子。

王位繼承權很低，也幾乎不具備什麼權限。

如果只看擁有的權利，身為限定宮廷魔術師的洛琪希甚至更了不起。

「洛琪希，本王子知道妳有戀人！」

所以，王子開始採取其他手段。

「嗯？我什麼時候有那種聽起來很像一回事的對象？」

聽到王子突然提出的夢話，洛琪希不解地歪了歪頭。

戀人……雖然洛琪希的確曾想要有個對象，但還沒遇到理想的男性。

而且她早已死心，認為就算真的碰到，米格路德族特有的這副身材應該也會讓對方根本不屑一顧。

由於王子比較異常，對這種身材似乎還是想要品嚐看看，但洛琪希認為自己並沒有廉價到會在如此隨便的心態下把身體給賣了。

「哼哼哼，我溜進妳的房間，發現那些堆在櫃子後面的信！雖然不知道是哪來的鼠輩，但本王子能靠權力毀了那傢伙！要是不想看到心愛男人被悽慘處刑的話，就快點成為本王子的女人！」

王子使用的另一個手段，換句話說就是這麼一回事。

看上哪個對象後，就把戀人抓來當人質，並威脅如果希望戀人獲救，必須用身體來交換。他認為在戀人面前侵犯那女孩，享受征服感的感覺真是太棒了。

當然，王子沒有這種權限。

話雖如此，再怎麼說也是一國的王子。有可以隨心掌控的部下，而且實際上聽說真的有女僕的戀人被當成人質。

（真是噁心的興趣，只會讓人滿心厭惡。）

洛琪希心想，幸好自己沒有戀人。

信件全都來自魯迪烏斯。

魯迪烏斯是值得尊敬的弟子，不是戀人。

「請便。」

「什麼！本王子真的會動手喔！要道歉最好趁現在！現在的話，只要用妳的身體就能解決！」

王子根本沒在用腦。

基本上，他連魯迪烏斯在哪裡都不清楚吧？

看這態度，他肯定連信件內容都沒確認。

「如果您真的能把魯迪烏斯怎麼樣，就可以隨便處置我的身體。」

「這……這自信是怎麼回事……妳應該很清楚本王子的權力吧！」

洛琪希的確很清楚。

清楚王子的權力在王族中來說，只有讓人嗤之以鼻的程度。

「魯迪烏斯受到阿斯拉王國上級貴族伯雷亞斯的庇護。」

「伯雷亞……？區區上級貴族，怎麼可能反抗身為王族的本王子！」

王子連阿斯拉王國的上級貴族都不認識。

這事實讓洛琪希忍不住嘆了口氣。

其他的家庭教師到底教了些什麼？

阿斯拉王國的諾托斯、伯雷亞斯、艾烏洛斯、澤費洛斯這四大地方領主很有名。

是阿斯拉王國一旦發生戰爭，就會率先挺身而出的存在，代代都由軍人擔任。

西隆王國舉行儀式時，即使這些貴族來訪也是很正常的事情。

是應該要記住的貴族之一。

「阿斯拉是比西隆大十倍的國家。要以子虛烏有的罪名把阿斯拉上級貴族的子弟送上處刑台，想必需要非常高度的政治力和謀略。憑殿下的權力實在不可能辦到。」

「那……那我就暗殺他！派出本王子的禁衛隊……」

聽到禁衛隊，洛琪希內心又嘆了口氣。

這個王子真的完全沒在思考。

「禁衛隊根本無法越過國境吧？而且就算真能越境，伯雷亞斯家現在可是招攬了劍王基列奴當食客。要溜進菲托亞領地的要塞都市的領主公館，還要避免被劍王基列奴發現，並暗殺一個魔術高手？您認為有可能辦到嗎？」

「唔……唔唔唔……」

王子咬牙切齒地猛踏地板。

看到他這態度，洛琪希只能再度頻頻嘆氣。

（唉。真是的，明明已經十五歲了，卻連一點判斷力都沒有。）

聽說魯迪烏斯的學生，那個名叫艾莉絲的大小姐在三年前還跟無法馴服的野獸沒兩樣，但最近已經變得相當淑女。

相較之下，這邊的殿下卻是這副德性。

以前還找得到可愛的地方，而且也具備魔法的才能。

問題是他察覺到自己的權力後，就慢慢失去想進步的意志，現在上課時大概有一半時間都在睡覺。

洛琪希覺得自己實在欠缺當教師的才能。

「不過呢，我很快就要辭去擔任殿下家庭教師的工作，所以現在才送出刺客也已經來不及了。」

洛琪希這樣宣布後，王子訝異大叫。

「什……什麼！本王子沒聽說這件事！」

「您講錯了，只是您沒記住而已吧。」

一開始的契約時間就是只到殿下成人為止。

當初洛琪希認為如果能獲得慰留，即使期間結束，繼續留下也無妨。

然而，洛琪希的存在也讓王宮內的很多人感到不快。

在此抽身是個比較聰明的行動。

「畢竟正好有個機會。」

「正好有什麼機會？」

「因為西方天空出現異變，我想去看看。」

「那……那算什麼……」

洛琪希並沒有明說自己是想看看久違的魯迪烏斯。

因為要是說了，王子肯定會非常激動。

「本……本王子還需要洛琪希！課程也還沒上完吧！」

「說什麼沒上完，您總是在睡覺，根本沒有聽課吧？」

「是沒叫醒本王子的妳不好！」

「是那樣嗎？總之，這個不好的教師很快就會離開了。下次請僱用會叫醒您的人，我沒意願。」

洛琪希心想。

她沒辦法教導這個王子。

總是會不由自主地把王子拿來和魯迪烏斯比較。

只要教任何一件事，魯迪烏斯就會自己繼續研究，最後學會十件事甚至二十件事。

洛琪希覺得，遇過那種學生的自己或許再也無法擔任教師。

就這樣，洛琪希離開西隆。

啟程時遭到第七王子和聽從他的騎士們襲擊，但洛琪希成功擊退他們。

第七王子狡辯說洛琪希攻擊自己，是不可原諒的暴行，應該要列為通緝犯並把她抓回自己面前。然而，西隆國王並沒有理會他。

據說國王反而斥責無法拉攏「水王級魔術師洛琪希・米格路迪亞」投入自國的第七王子，並且處以嚴厲懲罰。

★★★

注意到天空發生異變的人並不是只有洛琪希一個。

世界上的每一個場所都有各式各樣的人注意到這件事。

對於這事件的異常性以及突發性。

世界聞名的那些人們都注意到了。

◆在赤龍山脈◆

「龍神」奧爾斯帝德抬頭望向西方天空。

「魔力正在聚集……？怎麼了，哪裡出了錯？」

他詫異地扳起臉。

「算了，過去看看就會知道。」

於是，他直直朝著西方前進。

踏過剛剛才一擊解決的赤龍（Red Dragon）屍體。

周圍雖然有數量多到數不清的赤龍在徘徊，但沒有任何一隻對他出手。

牠們很清楚現在走在地上的生物是什麼人。
也明白就算整群一起攻擊也只會被殺。
另外，還知道只要自己這邊不要輕舉妄動就不會有事。

那是龍神。
跳脫世界常理的存在。
是絕對不能與之為敵的對象。

又有一隻自視甚高的年輕赤龍不知天高地厚地攻擊奧爾斯帝德。
一瞬間成了肉塊。
赤龍們很清楚。
只要那個生物不要一時興起，那麼留在空中就能保持安全。
赤龍在中央大陸是絕對的強者。
然而，並非僅限於戰鬥能力。
正因為赤龍很聰明，所以才是強者。
赤龍們很明白。
那是傳說中世界最強的男子。

是無論多少隻赤龍聯手都無法打贏的對手。

那個人慢慢地走下山。

在赤龍們的目送下……

沒有人知道他的目的是什麼。

◆在空中要塞◆

三大英雄之一，「甲龍王」佩爾基烏斯俯視北方天空。

「那是什麼？很像魔界大帝復活時的光芒。」

身邊那個戴著白烏鴉面具，擁有黑色羽翼的天族女性低聲說道。

「魔力的性質不同。」

「是啊，那個要歸類的話，其實更類似召喚的光芒。」

「是的。不過講到那規模的召喚光……我有印象。」

「和我創造出空中要塞（Chaos Breaker）時很類似。」

佩爾基烏斯繼續前進。

今天他依然坐在空中要塞（Chaos Breaker）的王座上，率領十二名僕人。

繼續監視地上。

他的目的只有一個。要在憎恨的仇人，魔神拉普拉斯復活後立刻打倒對方。

所以他在空中等待魔神拉普拉斯的封印解除。

「該不會是魔界大帝試圖解開拉普拉斯的封印？」

「有可能。復活三百年來，魔界大帝安分得讓人覺得不對勁。」

「好，阿爾曼菲！」

「在。」

一名戴著黃色面具的白衣男子悄然無聲地在佩爾基烏斯前方跪下。

「你現在立刻出發，調查……不，反正肯定沒在幹什麼正經勾當，只要發現可疑的傢伙就殺掉。」

「遵命。」

佩爾基烏斯展開行動。

他率領著十二名部下，為了替四名摯友報仇。

也為了這次一定要確實給魔神拉普拉斯最後一擊。

◆在劍之聖地◆

「劍神」加爾．法利昂抬頭望向南方天空。

「那天空是怎麼……喂。」

在注意力稍微被引開的瞬間，兩名可愛的愛徒一起揮劍攻擊。

「怎麼可以趁我分心時偷襲。」

他的表情充滿從容。

相較之下，兩名愛徒則是氣喘吁吁。

劍神覺得這兩個傢伙還是老樣子，沒什麼品味。

雖然他們被稱為劍帝而得意忘形，但充其量只有這點程度。

無聊，真無聊！劍術不需要名聲。

只要能變強就夠了。

能靠名聲獲得的東西，頂多只有權力和金錢。

那些東西根本沒有任何價值。

那種無論是誰都有機會獲得的東西，老子一劍就可以劈成兩半。

只要變強就可以為所欲為。

為所欲為就是所謂的活著。

基列奴對這方面最能體會，但她也慢慢變天真了。

所以才會只到劍王就碰到瓶頸。

對活著這件事抱有貪婪欲望的傢伙即使力量很弱也沒多少劍技，卻仍舊很強大。
但是人卻會因為力量變強而失去那種貪婪。
現在的基列奴就不行，她已經不夠任性。
眼前這兩個傢伙也不是說多有才能，多虧抱著膚淺的骯髒欲望才能走到這一步。
在決死的戰場上活下去的訣竅，就是永無止盡的欲望。
「好啦好啦！快點放馬過來！要是能打倒老子，你們再互相殘殺看誰能自稱劍神！會有讓你一百輩子都玩樂度日的金錢滾滾而來，還會有從一般奴隸到公主的女人全都排好隊翹起屁股等著你進進出出，只要報上名字每個人都會嚇到腿軟，每踏出一步人群就會自動分成兩邊讓路！」
「我不是為了那種事情才學習劍術！」
「師傅！請不要瞧不起我們！」
就是這樣。
這兩個傢伙怎麼不對自己更誠實點呢？
那樣一來，就可以輕易殺掉老子這種程度的人，得到劍神名號。
劍神早就把南方天空的狀況給拋到腦後。

◆在魔大陸的某處◆

魔界大帝奇希莉卡・奇希里斯抬頭仰望東方天空。

「哼！像我這種高手，即使往相反方向也能夠看清！怎樣，很了不起吧！」

但是並沒有人回應。

因為周圍沒有任何人。

「被無視了嗎！呼哈哈哈！無妨無妨，我就原諒你們吧，人類！或者該說，因為和平所以沒有人願意靠近我身邊，除了原諒以外也沒有其他選擇嘛，人類！呼哈哈哈！呼哈哈哈哈！呼哈……咳咳……」

奇希莉卡很孤獨。

畢竟沒有任何人理會她。

在復活的那瞬間，她大喊：「魔界大帝奇希莉卡在此復活！各位久等了！呼哈哈哈哈！」

但是卻沒有人在場。

所以她前往城鎮又喊了一次，卻被人以看可憐蟲的眼神對待。

之後，一直沒有人願意理睬她。

奇希莉卡前去拜訪以前的友人，但對方卻說現在很和平，要她安分一點。

「人族的占卜師到底在做什麼！以前只要我一復活就會嚇得全身發抖，還會演出邊發出怪叫聲邊從窗邊自由落下的表演呢。要是沒有那種暖場的演出，我的復活不就欠缺魄力嗎……唉，真是的，最近的年輕人真是不行啊。」

奇希莉卡踢著地上的石頭，抬頭望向形成魔力漩渦的西方天空。

魔界大帝別名是「魔眼的魔帝」。

她擁有超過十種的魔眼，只要看一眼，就能知道有什麼。

即使相隔再遠，也依舊一目了然。

強大的魔力，熟悉的召喚光，還有控制這些的人。

「什麼嘛……居然看不到。是不是架起了結界？做出那麼大規模的勾當卻不露臉，真是個害羞的傢伙……」

奇希莉卡的魔眼並非萬能，所以她頂多只是魔界大帝。

無論過了多久，都不會被稱為魔神。

不過她本人對這件事並不介意。

「要是召喚出勇者就有趣了。不過最近不管什麼阿貓阿狗都會去找拉普拉斯，講到奇希莉卡，只會得到『那誰啊？』的反應……果然勇者也會去找拉普拉斯那個年輕帥哥嗎……真想出出風頭啊，想再受到世間注目，辦場遊行呢。」

奇希莉卡邊嘆氣邊踏上旅途。

隨便挑了個方向。

★同一時刻，魯迪烏斯觀點★

我來到要塞都市羅亞郊外的山丘。

為了實現生日那天講好的承諾，要讓基列奴看看聖級水魔術。

當然，艾莉絲也跟來了。

我拿出「傲慢水龍王」，拆掉布套。

基本上，是在魔石部分包上了布套。雖然不好看，但要是公然炫耀那麼高價的東西，結果引來盜賊那也太遜。與其讓人認為杖上有必須藏起來的巨大魔石，還不如讓人誤以為是靠具備魔力的布套來強化魔杖。

在使用水聖級魔術前，先試用一下「傲慢水龍王」。

先投入一如往常的魔力並製造出水彈後，出現一顆比平常大很多的水彈。

「喔喔，好大。」

我想壓縮尺寸讓水彈變小一點，結果卻變得太小而無法用肉眼辨識。

我只好一點點調整。

測試約三十分鐘後，我明白在水魔術方面大概可以獲得五倍左右的效果。

可以讓攻擊魔術變得更強，或是保持同樣威力但只有消費魔力變少。

以數字來說明，就是以下的狀況。

不使用魔杖的狀態：消費十，威力五。

使用魔杖的狀態：消費十，威力二十五。

使用魔杖的狀態：消費二，威力五。

大概是這種感覺吧。

簡單來說就是放大鏡或顯微鏡。

雖然很難進行細微調整，但用習慣以後或許能夠辦到。

「如……如何？」

艾莉絲對我露出不安的表情。

放心吧，這個新玩具讓我很沉迷。

「雖然很難調整，不過這東西很棒呢。」

「是……是嗎！太好了！」

之後我又測試了一陣子，確定火魔術是兩倍，土和風魔術各自都會變成三倍。

要使用這根魔杖來混合魔術似乎不是易事。

不，可能也要習慣吧？

「好了，那麼，讓妳們久等了。接下來就讓兩位看看魯迪烏斯·格雷拉特的最強最大奧義吧！」

「耶！」

艾莉絲開心地拍著手。

基列奴看起來也很有興趣。

我當然幹勁十足，就來帥氣地施展魔術吧。

「呼哈哈哈哈！魔力聚集吧！雄偉的水之精靈，登上天空的……咦？」

我故意用詠唱來發動水聖級魔術，並用雙手舉起魔杖朝向天空。

這時，我注意到一件事。

「唔？」

「那是什麼？」

所有人的注意力都朝向我的視線前端，也就是天空。

「天空的顏色變了？怎麼了？」

天空變色了。而且是噁心的顏色，紫色和褐色混合成大理石般的紋路……

「……」

基列奴默默拿下眼罩。

眼罩下方出現一隻深綠色的眼睛。

原來她不是只剩下一邊眼睛啊。

「那是什麼？」

「不知道，只能看出驚人的魔力……！」

那隻眼睛能看得到魔力嗎？過了三年我才知道基列奴的真正能力……魔眼。

她很快又把眼罩戴回去。

「總之，是不是該回到城鎮裡呢？」

雖然無法確定這異常的天空是什麼事情的前兆，但既然天空出現異狀，那麼我想要躲進有屋頂的地方。畢竟萬一下起槍雨那可就傷腦筋了。

「不，越靠近城鎮魔力就越濃，說不定離這裡遠一點會比較好。」

「既然是那樣，至少要回到宅邸內通知一聲！」

應該要告訴菲利普他們，讓居民避難會比較好吧。

「那麼由我回……魯迪烏斯！快趴下！」

我反射性地蹲下。

同時，有個東西高速通過我的頭頂，留下切開空氣的颼颼風聲。

我的背後起了雞皮疙瘩。

什麼？發生什麼事？

剛剛有人對我做了什麼？

「你這混帳！」

在視線中，我看到基列奴把手放到腰間劍上，身影隨之晃了一下。

下一瞬間，她以揮完劍的的姿勢停止不動。

這是我曾經見識過好幾次的那個。

劍神流──劍聖技「光之太刀」。

據說如果能練到登峰造極，劍鋒就會到達光速的劍神流奧義。

基列奴告訴我，就是因為劍神流有這個劍技，所以才能成為最強的劍術流派。

「唔！」

她皺起眉頭。

我知道為什麼，因為沒砍中。

那個無法用肉眼捕捉到的必殺劍技被避開了。基列奴露出更加警戒的表情，瞪視著我的背後。

「……」

我緩緩轉過身子。

為了要確認那個對我做了什麼，而且還避開基列奴斬擊的傢伙到底是啥模樣。

「誰……？」

眼前站著一名男子。

他有一頭金髮，穿著正面扣住，類似白色立領學生服的筆挺服裝。
想來應該很英俊的臉孔藏在黃色的面具下。
那面具大概是參考類似狐狸的動物吧。
右手握著一把大型的雙刃匕首。
就是那個，掃過我頭上的東西就是那玩意兒。
「你是誰！快點報上名來！」
「……」
基列奴怒吼的下一剎那，男子的臉孔發出光芒。
光芒非常刺眼，讓我眼前瞬間染上一片白。
我反射性地閉上眼睛。
「喝！」
我聽到基列奴嘶吼的聲音。
接著是金屬相碰的鏗鏘聲。
還有跑動的腳步聲。
第二次、第三次的金屬音。
當我的視力總算恢復時，發現基列奴擋在我身前。
眼罩已經拿下。

是嗎……她是在光線奪走視力的那瞬間拔下眼罩，靠剩下那隻眼睛來觀看吧。

「你這傢伙到底是誰！是格雷拉特家的敵人嗎！」

「……光輝的阿爾曼菲，這就是我的名字。」

「阿爾曼菲？」

「我來此是為了阻止這異變，這也是佩爾基烏斯大人的命令。」

我聽過佩爾基烏斯這名字。

應該是「殺死魔神的三英雄」（實際上沒殺成）之一。

據說掌控十二名使魔的召喚術師。

而且，我也從這名字聯想到阿爾曼菲是誰。

是佩爾基烏斯的十二使魔之一，光輝的阿爾曼菲。

「小心點，基列奴。根據文獻，那傢伙似乎能以光速移動。」

「魯迪烏斯，你帶著大小姐往後退。」

我聽從指示，把艾莉絲護在身後，並退往不會妨礙到他們兩人的位置。

不過，有注意不要退得太遠。

要保持萬一有什麼變化還可以出手支援基列奴的距離，待在還來得及幫忙的位置。

如果對方真的是光輝的阿爾曼菲，用劍應該無法造成傷害。我記得《佩爾基烏斯的傳說》裡的確是這樣寫。

不過這傢伙，之前到底是躲在哪裡？

……不，我記得光輝的阿爾曼菲是職掌光的精靈。

書裡面有寫到，如果是能以肉眼辨識的部分，無論距離多遙遠也可以瞬間移動過去。

雖然我看書時認為哪有可能辦到那種事，但他的確是瞬間在我背後出現。

我不認為基列奴會粗心沒發現，他也沒有理由事先埋伏在此

阿爾曼菲的確是飛來的，正如字面所示，以光速移動。

這傢伙具備這種能力。

「女人，閃開。只要殺了那小鬼，說不定能讓異變停止。」

是說，這是怎樣？他嘴裡的異變，是指天空中的那玩意兒嗎？

他到底誤會了什麼？

「我是劍王基列奴．泰德路迪亞！那東西和我們無關，快退下！」

「劍王？空口無憑，讓我看看證據。」

「看吧！這是劍神七劍之一的名刀『平宗』！即使看到了這把劍的名字，你也無法相信嗎！」

依然握著劍的基列奴把手往前伸，讓阿爾曼菲看清楚。

那把劍原來叫那種名字……平胸，真是不適合基列奴的名字。（註：宗和胸在日文中同音）

「妳敢向師傅和一族發誓嗎？」

「我以師傅劍神加爾．法利昂與德路迪亞族的名譽起誓！」
「泰德路迪亞……好吧，如果你們不是真的無罪，佩爾基烏斯大人將會再做出判決。」
「無所謂。」
阿爾曼菲收起雙刃匕首……雖然我搞不清楚狀況，但似乎是解決了。按照我的常識，只是用嘴巴講講發誓或是什麼理由根本無法確定真偽，但異世界的常識是不是不一樣？
或者該說，這代表基列奴這號人物的誓言就是如此值得信賴嗎？
類似羅馬教宗向神起誓那樣的感覺？
「既然犯人不是你們，那就算了。」
「……突然出手攻擊卻不打算道歉嗎？」
「有錯的人是在這種地方做出可疑行為的你們。」
光輝的阿爾曼菲這樣說完，接著轉過身子。
稍微鎮定下來，冷靜思考吧。
首先，是天空發生異變，接著突然出現一名男子。
這個人據說是那個青史留名的傳說英雄的使魔。
如此有名的人突然出現，然後對我發動攻擊。看樣子，他認為是我引起了天空中的那個異變。當然並不是我做的……不過，對於天空的那個異變，這個人是不是知道什麼情報呢？不，應該是不知道所以才會攻擊我吧……

不過，或許該試著稍微詢問一下狀況。

「那個……」

「嗯？」

當我正想向他搭話的那一瞬間。

「啊。」

我親眼目睹。

有一道光從被染成白色的天空伸向地面。

當那道光接觸地面的瞬間——

我看到那道光以非常驚人的速度開始膨脹，化為光之洪流吞沒所有事物，同時逐漸逼近這邊，宛如一道海嘯。也看到那道光讓宅邸消失，讓城鎮消失，讓城牆消失，吞噬著花草樹木並步步進逼。

當阿爾曼菲轉過身子，注意到這一幕的瞬間，立刻化為一道金光瞬間消失。

當基列奴發現這狀況的瞬間，雖然試圖跑向我們，卻消失於光線中。

當艾莉絲看清這景象的瞬間，她只是茫然地停下動作，完全無法理解。

我心想至少要保護好艾莉絲，因此用自己的身體把她護住。

下一瞬間，純白的光芒支配了附近一帶。

在自己似乎被拖向某處，但不確定是地面還是天空的感覺中，我失去意識。

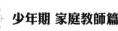

只是，直到我失去意識之前，都沒有放開艾莉絲。

那一天，菲托亞領地消滅了。

終章

菲托亞領地消失後過了半年。

總算到達菲托亞領地的洛琪希面對眼前這片空無一物的「草原」，只能瞪大雙眼。

啞口無言地原地愣住。

現在洛琪希腳下的幹道是阿斯拉王國鋪設的石板路。

在他國，大概只有首都附近才能見到如此平整的道路。

然而阿斯拉王國卻從國土的這頭到那頭都鋪設著這種石板路。

應該是這樣才對。

然而，眼前的景象中，過了某條界線後道路就消失了。

只有一整片草原，彷彿什麼都不曾發生。

「……」

洛琪希知道曾經發生過某件事。

但是她不知道究竟發生了什麼事。

她只知道結果。

只知道「菲托亞領地消失」的結果。

還有「布耶納村也消失了」的結果。

她只知道唯一一個結果，就是魯迪烏斯，還有那個即使知道自己身為魔族依舊願意乾脆接納她的溫柔家庭全都消失了。

在來此的途中，洛琪希曾經多次聽說這個消息。

但是她卻覺得不可能。

自己一定是被騙了。

總之，洛琪希不願相信。

她深信那些人一定還活著，一定還平安無事地存在著。

一直抱著最後一縷希望。

直到親眼目睹眼前的現實……

洛琪希跪倒在地。

「妳也失去了家人嗎？」

送她來此的馬車伕不知何時已經來到洛琪希身後。

「我失去了優秀的弟子。」

「弟子嗎？不過，如果是魔術師的弟子，應該早就做好會喪命的心理準備吧？」

「他才只有十歲。」

「這……年紀輕輕就……」

馬車伕拍了拍洛琪希的肩膀，像是在安慰她。

洛琪希暫時什麼都無法做，只是低著頭看向腳下的地面。

她什麼都不想思考，也什麼都無法思考。

連之後到底該怎麼辦都毫無頭緒。

馬車伕靜靜地看著這樣的洛琪希，然後開口說道：

「其實有個菲托亞領地的難民營，妳要去那裡看看嗎？是啦，十歲恐怕很難倖存，但說不定他會在那裡。」

洛琪希猛然抬起頭。

「我要去！」

魯迪烏斯他們一定沒事。

毫無疑問會靠著臨機應變，順利存活下來。

應該會在那個難民營裡好好生活。

洛琪希心裡再度湧上一絲希望。

★ ★ ★

難民營裡搭載著好幾棟木造建築，形成可以算上一個村的規模。

人很多，大家都顯得很忙碌。

然而聚落裡卻缺乏活力，籠罩著一股沉重陰鬱的空氣。

（居然會在阿斯拉王國裡接觸到這種氣氛。）

洛琪希認識的阿斯拉王國是世界上最富足的國家。

在這裡，處處可見洋溢著快活氣息的表情和笑容。

食物豐富，魔物也很少。

是最能輕鬆生活的國家。

明明以前是那樣，眼前卻看不到笑容。

這個聚落裡看起來不像是缺乏食物。

畢竟這裡原本就是富饒的土地。

只要拔起附近的草當糧食，就不會挨餓。

既然不會挨餓，人們臉上應該會露出笑容。

即使依舊會發生讓人不快的事情，但不會出現魔大陸那樣的肅殺氣氛。

原本應該是那樣才對。

然而看到眼前的光景，洛琪希不得不露出收起表情。

她來到難民營裡的臨時冒險者公會。

原本應該張貼著幾張委託書的告示欄前方。

這裡充滿最為沉重的氣氛。

一名無家可歸又失去家人的男子在告示欄前方嚎啕痛哭。

「這是怎樣！這到底是怎麼回事！我花了半年……花了半年才回到這裡，結果卻……可惡！羅拉、法蘭西斯，為什麼你們都死了！」

男子不只失去家人，連自己的家、土地、經商道具……所有一切都已經喪失。

雖然這悲痛的哭叫聲聽來刺耳，卻沒有任何人能夠要求他停止慟哭。

只會感同身受。

「神啊！這就是您對待我們的方式嗎！」

某個僧侶把自己的謀生道具，也就是米里斯教團的象徵物狠狠砸向地面。

「我再也不相信任何神！你們根本不是神！而是只會嘲笑並殺害人類的冷酷惡魔！」

僧侶仰頭朝上，以充滿憤怒和憎恨的表情大叫。

雖然現場還有好幾個米里斯教徒，但沒有人向神祈禱。

「別阻止我！」

「喂！快住手！死了又能怎麼樣！活著一定會有什麼好事！」

一名商人試圖用小刀割喉，卻遭到周圍其他人的阻止。

「活……活著有什麼用！你真的相信活著會有好事嗎！混帳！我啊……失去了比生命……比生命更重要的事物！拜託讓我死吧……可惡！可惡啊！」

一臉絕望的商人蹲了下來，邊流淚邊把身體縮成一團，靜靜地顫抖著。

這真是個悲慘的地方。

每個人都露出沉痛的表情。

洛琪希從來不曾見過被悲傷支配到如此程度的地方。她曾經多次目睹有人喪命的場面，原本也認為自己早已經歷過幾次的殘酷戰場。

然而，她第一次來到這種只充滿悲傷的地方。

（看這情況，或許真的沒有什麼希望。）

受到現場的氣氛拖累，洛琪希抱著想哭的心情開始收集情報。

★
★
★

一小時後。

洛琪希大致掌握發生過什麼事。

在天空出現異變後，整個菲托亞領地都發生大規模的魔力災害。

雖然不是伴隨著爆炸的類型，但規模卻非常龐大，菲托亞領地的人們全都被傳送到世界各地。

建築物和樹木不知道消失到哪裡去了，只有人們被各自送往世界上的某處。

這些人當中有一部分費了千辛萬苦才回到菲托亞領地。

接著發現故鄉已經什麼都不剩，因此失去希望。

「……真是悲慘。」

洛琪希邊喃喃自語邊看向告示欄。

上面寫著「死者」和「失蹤者」的名字。

旁邊還貼著許多給家人的傳言，以及內容是：「如果旅途中遇到這樣的人，請帶對方來這裡」的委託。

在最明顯的位置以菲托亞領主的名義，發出徵求失蹤者與死者情報的公告。數量多得前所未見。

洛琪希以冒險者的身分活動過一段不算短的時間。

即使如此，她也未曾見過貼著這麼多委託的告示欄。

而且，也未曾見過有哪個告示欄上，全都是如此拚命又充滿哀痛感的委託。

可以看出這次災害的規模到底有多龐大。

死者、失蹤者。

或許自己在前來這裡的途中也曾遇上這樣的人物。

洛琪希曾聽說過有人憑空出現的傳聞。

由於這種胡說八道的傳聞相當多，因此她完全沒當一回事，不過要是有放在心上，或許她也能夠盡一份力。

「不……」

這樣想的洛琪希搖了搖頭。

她經過的路線是橫渡中央大陸的最大幹道。如果是在那邊能得知的消息，肯定會有其他哪個人已經知道並獲得情報了。

「……」

洛琪希沒有繼續深入思考，決定從死者欄開始依序確認。

和災害規模相比，死者人數算是很少，沒看到認識的名字。
相較之下失蹤者卻很多，多到讓人眼花撩亂。
畢竟這次轉移的目的地是世界各地。
應該有人受到魔物襲擊而死亡，連骨頭都不剩。
被傳往山上、半空中、海裡等處，結果立刻喪命的人大概也為數不少。
光是能夠確定已經死亡，就算是很不錯的結果。
「有了……」
洛琪希皺起眉頭。
在失蹤者的名單上找到了魯迪烏斯等人的名字。
魯迪烏斯・格雷拉特。
塞妮絲・格雷拉特。
莉莉雅・格雷拉特。
愛夏・格雷拉特。
洛琪希知道莉莉雅也成為保羅的妻子。
魯迪烏斯在信上曾經提過。
至於愛夏應該是他的妹妹，不過洛琪希記得還有另一個妹妹。
保羅和諾倫的名字被劃掉了。

擔心有了萬一的洛琪希又確認一次死者欄。
上面沒有。
意思是他們還活著嗎？
不，也有可能只是情報不完整。
不能高興得太早。
「總之，應該要為了他們沒死而感到高興嗎……」
洛琪希茫然地望著傳言板。
內容是搜索委託。
每一張都看得出來寫這些委託的人是多殷切焦急。
洛琪希覺得有一點點羨慕。
不會有人如此拚命地尋找自己。
話說起來，故鄉的雙親過得好嗎？
吵架之後她負氣離開聚落，已經過了相當長的年月。
在不久之前，洛琪希覺得對米格路德族來說是很短的時間。
歲月匆匆流逝。
或許寫封信回去會比較好。
「這是……」

此時，她注意到一張傳言。

署名是保羅．格雷拉特。

「給魯迪烏斯：

塞妮絲、莉莉雅、愛夏失蹤了。

諾倫在我身邊。

我不知道你現在人在哪裡。

然而，我認為你即使只剩下自己一個人也能回到這裡。

所以找你的行動會往後延。

我要去米里斯大陸，因為那裡是塞妮絲出生的故鄉。

也會在莉莉雅的故鄉、老家都留下傳話。

我要你去中央大陸北部尋找。

要是找到了，就按照後述的方式聯絡。

塞妮絲和莉莉雅也一樣，要是看到這張傳言，就聯絡我吧。

此外，給認識我本人和我家人的人物，以及『黑狼之牙』的舊成員們：

希望你們也能幫忙尋找。

『黑狼之牙』的舊成員們對我應該抱著不滿吧？

我不會要求你們把舊帳一筆勾銷，要罵我也可以。

如果想要求我舔鞋子，我也願意。

財產已經全部消失所以無法支付報酬，但拜託你們。

請幫忙尋找我的家人。

・聯絡對象

米里斯大陸米里斯神聖國首都米里希昂冒險者公會

隊伍名稱『布耶納村民搜索隊』

團體名稱『菲托亞領地搜索團』

——保羅・格雷拉特筆。」

保羅還活著。

知道這件事，讓洛琪希稍微鬆了口氣。

雖然魯迪烏斯在信裡把他寫得一無是處，但他是在這種狀況下反而會很可靠的人物。

「……」

接著洛琪希開始思考。

自己是不是也該加入搜索行動呢？

那個家庭曾照顧過自己。

和他們一起度過的那兩年到現在依然是美好回憶。

在很多方面都是。

所以，她很樂意幫助他們。

（好，參加搜索吧。）

洛琪希做出決定。

從決定的那瞬間起，她就開始動腦。

（不過，該用什麼方法尋找哪個人呢……）

傳言上面寫的「黑狼之牙」大概是保羅以前隸屬過的隊伍吧？

那些人應該不認識魯迪烏斯。

雖然他們大概也不認識莉莉雅，不過自己還是去尋找被視為次要的魯迪烏斯吧。

保羅似乎認為魯迪烏斯會回來，但那個少年擁有高適應力。

也有可能會乾脆在轉移後的地點落腳。

如果是那樣，自己必須通知他發生了什麼事情，並把他帶回這裡。

（就算決定要去找魯迪，該從哪裡著手呢？）

保羅已經前往米里斯神聖國的首都。

意思是他沿途應該都會留下傳話。

阿斯拉王國的國境，王龍王國的東部港口，還有米里斯神聖國的西部港口。

至少在這三個地點應該都有留下傳話。

那麼，自己應該去這路線以外的地方尋找。

中央大陸北部、貝卡利特大陸，還有魔大陸，大概就是這些地方。

洛琪希並沒有去過貝卡利特大陸，不過曾聽說過那裡是魔物和迷宮都很多的土地。

對魔大陸雖然多少有點地理知識，然而那裡卻是不適合一人旅行的危險場所。

如果要注重安全性，該去中央大陸北部……

不，正因為危險，才更應該前往。

正因為是充滿危險的土地，能踏上那些地方的人想必不多。

如果是自己，有機會加入能力足以前往那兩個大陸的隊伍。

好。

既然已經下了決定，就沒有必要繼續留在此處。

先移動到王龍王國的東部港口吧。

到了那裡，要尋找準備前往貝卡利特或魔大陸的隊伍。

心意定了之後，洛琪希的行動就很迅速。

她立即做好旅行的準備，動身離開難民營。

開始行動後，很不可思議的是，悲傷的氣氛已經飛向九霄雲外。更不可思議的是，她甚至產生魯迪烏斯一定還活著的確信。

（真希望有機會能再度和大家坐在餐桌旁呢。）

洛琪希心不在焉地這樣想著，並朝向南方移動。

從這天開始，洛琪希．米格路迪亞展開了漫長的旅程。

（下集待續）

無職轉生

到了異世界就拿出真本事

外傳

「森之女神」

從阿斯拉王國越過山脈往正東方。

位於中央大陸中心的這個區域由許多小國構成，而這些小國為了取得這一帶的霸權總是互相爭鬥。

於是，人們把總是有小國建國又滅亡的這個區域稱為紛爭地帶。

位於紛爭地帶的小國之一，馬爾齊淵傭兵國。

由某個大傭兵確立的這個國家，是靠著把傭兵派往附近國家來作為生計的戰鬥國家。

在位於馬爾齊淵傭兵國角落的一個酒館裡。

有一個傭兵正在對著另一個傭兵炫耀自己肩膀前端的傷口。

「嘿嘿，你看。這是在盧德敏防衛戰裡受的傷。」

「喔喔，那場戰役嗎？聽說好像相當激烈？」

「你是去了哪裡？」

「阿爾茲堡壘的東門，那裡根本就是地獄……只差一點，我就會失去這心愛的右手。」

「不只是地獄吧！阿爾茲堡壘的東門是側面受到襲擊，還差點整個全滅不是嗎！」

「盧德敏防衛戰也差不多吧？我聽說那邊的補給被截斷，沒錢給傭兵吃飯。」

馬爾齊淵傭兵國一視同仁地支援每個國家。
而且派出的傭兵們也是他國畏懼的對象。
據說，士兵們能以一當千。
據說，指揮官常保冷靜沉著。
據說，軍師深謀遠慮。
只要開始戰鬥，一定會為同一陣營的勢力帶來勝利。
在戰場上，是勝利和恐怖的象徵。
這就是馬爾齊淵傭兵國。
「彼此也都真行，居然能保住一命。」
「是啊！全靠森之女神的庇佑呢！」
其中一名傭兵從懷中拿出一條項鍊，墜子是用木頭雕刻而成的浮雕，圖案則是一名擁有野獸耳朵的女性側臉。
看到那項鍊後，另一名傭兵拔出腰間的短劍。
劍刃被塗料染成了紅色。
「那，來敬森之女神列奴一杯吧，乾杯！」
「請保佑我們下次戰鬥也能獲勝！乾杯！」
兩人各自拿著項鍊和短劍，用另一隻手舉起酒杯，一口氣喝乾。

這就是他們的祈禱方式。

「呼～痛快！」

「果然戰鬥後就要來一杯！馬爾齊淵的酒最棒了！」

「還有女人！」

「晚一點來去妓院逛逛吧。」

「不過得瞞著老婆！」

「嘎哈哈哈！」

兩人心情愉快地喝著酒，夜也越來越深。

森之女神列奴。

是馬爾齊淵傭兵信奉的神明。

根據口頭流傳的故事，她是在一百年前，馬爾齊淵傭兵國面臨滅亡危機時出現，引導傳說中的大將軍，並拯救國家脫出絕境的救國女神。

所以馬爾齊淵的傭兵們都相信當自己瀕臨死亡時，森之女神列奴就會從不知何處現身，拯救自己。

也因此，傭兵們向女神祈禱。

為了戰鬥，還有為了生存而祈禱。

就這樣，他們再度前往戰場。

然而很不可思議的是，雖然世界如此廣大，但信奉森之女神列奴的國家只有馬爾齊淵傭兵國。

為什麼只有這國家出現這種習俗呢？

其實背後有一個故事。

★ ★ ★

甲龍曆四一七年。

在阿斯拉王國發生轉移事件的這一年，馬爾齊淵傭兵國是傭兵王馬爾齊淵宣布建國後才只過了兩年的新興國家。

當時，馬爾齊淵傭兵國已經瀕臨滅亡。

這不是什麼罕見的事情。在這個紛爭地帶，總是有小國建國後又滅亡。

人們打著只要有機會就能擁有自己國家的算盤，抱著要統一周遭這一帶來建立一個大國的野心，然後紛紛在夢想破碎後離世而去。

馬爾齊淵傭兵國也即將和那些許許多多的國家走向相同的命運。

只不過是這樣而已。

話雖如此，凡事都有理由。

讓這個國家開始步向滅亡之路的導火線是外交。

以派遣傭兵作為經濟中心的馬爾齊淵傭兵國在兵力、國力雙方面，都具備了不像是個新興國家的實力。

然而，或許正因為如此。

讓鄰接馬爾齊淵傭兵國的兩個國家，迪庫特王國和布羅茲帝國都產生戒心並暗中籌劃，在外交上失敗後，就面臨同時遭到兩國提出宣戰布告的發展。

雖然是具備一定實力的傭兵國家，但同時被兩個國家攻擊根本支撐不了多久。

即使他們做出激烈抵抗，但關鍵的要塞卻瞬間被攻陷，經過幾次大型戰役後，失去了一半國土。

這國家已經沒有將來。

這樣認為的傭兵們有的逃往其他國家，有的乾脆投入敵方。

而最後一場決戰，就在後世稱為「馬爾齊淵決戰遺跡」的大盆地上演。

面對兩國聯合軍的馬爾齊淵傭兵國集結戰力，在大盆地上布陣。

至今為止兩國都是分別侵略，但身為要點的盆地兩側是會有魔物出沒的森林，因此通行受到極為嚴格的限制。所以他們不得不會合。

此外也因為同樣原因，這個盆地是最重要的地點。在馬爾齊淵傭兵國滅亡後，為了獲得首都附近的支配權，占領這盆地正是第一要務。

所以在這場決戰後，接下來將會演變成迪庫特王國對布羅茲帝國的戰爭，這是很容易推論出的發展。

馬爾齊淵雖然很想利用兩國間的交惡，然而戰力已經寥寥無幾，連足以對抗他們的力量都不剩。

光是要籌劃出唯一能起死回生的策略就已經竭盡全力。

★★★

馬爾齊淵傭兵團，第三部隊長畢格．馬塞納魯率領十名部下在森林中前進。

被稱為厄禁森林的這裡有大量魔物出沒。甚至危險到自古以來，這附近一帶的統治者就已經禁止人民通行。

附近的人都異口同聲地表示，連樵夫都無法進入厄禁森林。

當然，組成軍隊通過這裡也是不可能辦到的事情，因此在這次的戰爭中，侵略馬爾齊淵的兩國也避開了這片森林。

傭兵王馬爾齊淵注意到這一點。

突破這森林，對兩國其中之一發動奇襲。雖然單純，卻是很有效果的方案。

話雖如此，馬爾齊淵已經沒有兵力。如果只是單純闖入森林，大概會在途中因為和魔物戰鬥而白白浪費力氣，即使發動奇襲也只會以悲慘模樣敗北吧。

因此馬爾齊淵心生一計。

他們在先前的戰鬥中取得了布羅茲帝國的鎧甲。

要讓部下穿上這些鎧甲，從後方奇襲迪庫特王國。

直到打倒馬爾齊淵傭兵國為止，兩國之間似乎締結了同盟，不過既然雙方會在這場決戰後為了爭奪霸權而開戰，那麼這種同盟有跟沒有一樣。兩國滿腦子都是決戰後面對彼此時，到底該如何讓事態往對自己有利的方向發展，因此關係很緊繃。

很明顯只要稍微刺激一下，雙方應該就會像是斷了線那般開始互相殘殺。

馬爾齊淵傭兵國必須想辦法引起這種狀況。

以勇猛果敢出名的畢格．馬塞納魯自願擔任作戰指揮。

率領少人數越過森林後，從背後發動奇襲。

這作戰非常困難，而且即使成功，也無法活著回來。

在奇襲成功的那一刻，有可能必須為了避免成為俘虜而自我了斷。

也不能帶著會讓人辨識出身分的物品。

必須成為不知道是哪裡來的哪個人，在得不到名譽的情況下，以背叛者的立場死去。

然而，畢格對馬爾齊淵這樣說：

「請不必擔心，我會成為將這場大戰導向勝利的英靈，被人們持續傳頌下去。和過去的大英雄『雙帝米格斯．格米斯』一樣，這不是很榮譽的事情嗎？」

畢格以四百年前在拉普拉斯戰役中死去的英雄為例，主動扛下了這重大任務。

部下共有十人。

三名北神流的中級劍士，還有七名沒有流派的傭兵。

畢格本身是劍神流的上級劍士，但是這群人中沒有能使用治癒魔術的成員，熟練度和個人技能也很難算是高水準。

在這一帶，魔術師是貴重的人才，而且為了對應決戰，沒有餘裕把強大的兵力分給將成為棄子的部隊。他們不只要引發讓敵方兩國彼此互相殘殺的狀況，還必須打贏這場戰爭。

（哼……沒想到我會做出這種事情。）

畢格帶著自嘲笑了。

他一出生就是傭兵。畢格在傭兵團內誕生，父親在母親還懷著他的時候就已經戰死，母親則在畢格才剛懂事的時期失去性命。他被當成奴隸賣掉，買主正是後來成為馬爾齊淵傭兵團的前身集團。他在傭兵團裡練習劍術，學習戰術，只為了金錢和性命而活到現在。

真沒想到會在最後的最後，要為了名譽而戰。

（真像是哪裡的騎士大人啊。）

只有騎士會為了名譽而死。

不過……畢格突然想到。

（或許我是馬爾齊淵傭兵國的騎士。）

一這麼想，他突然莫名覺得很自豪。

對於沒有故鄉的畢格來說，馬爾齊淵傭兵國是他總算獲得的故鄉。

為了保護故鄉而戰。

雖然他過去嘲笑過講這種話的人，但換成自己站上這種立場後，其實感覺還不錯。

「隊長，快要到了。」

「別大意。既然都來到這裡了，我希望是被人類殺掉。」

「哈哈，您說得對。」

他們在來到這裡的途中，幾乎沒有碰上魔物。

不眠不休地走了整整一天，結果只碰上兩次。這可以說是奇蹟。

但是卻失去了一名部下。

明明有提高警覺，他們卻沒能發現躲在草叢裡的紅葉虎(Redleaf Tiger)。遭到襲擊後，有一名部下被殺害。

魔物已經遍體鱗傷，似乎在躲避什麼東西的追殺。

被視為這森林最恐怖魔物的紅葉虎居然在躲避什麼……

（那個「什麼」或許是這森林的主人。）

畢格也曾聽說過關於這森林主人的謠言。

據說是一隻A級的魔物，巨大身軀長達五公尺的蜥蜴——岡雷特蜥蜴。

雖然畢格不知道岡雷特蜥蜴是否真的存在，但如果是這隻魔物，的確有可能將位於B級下層的紅葉虎打成重傷。

而且，要是被那樣的魔物襲擊，目前在場的畢格以及九名部下當然也不會平安無事。

因此，畢格等人慎重前進。

幸好他們對於在森林中行動還算有一點經驗。

他們懂得如何避免遭遇魔物，萬一真的碰上，也擁有能搶在對方呼喚同伴前，立即出手打倒魔物的力量。既然是在這一帶以戰鬥維生的人，這是理所當然的事情。

不過，這種理所當然並不是只適用於畢格一行人身上的條件。

「什麼！」

「咦！」

等他們注意到時，兩支隊伍已經正面相對。

人數同樣是十人。

總共二十人全都穿著布羅茲帝國的鎧甲。

唯一不同之處，大概就只有畢格他們這邊其實是假貨。

「你們這些傢伙隸屬於哪個部隊！快報上名來！」

畢格眼前一名身上鎧甲特別豪華的男子開口質問他們的身分。

「拔劍！不能放過任何一個！」

畢格沒有回答對方的問話，而是以怒吼般的口氣命令部下。於是所有部下都拔出佩劍，衝向眼前的布羅茲兵。

「是逃兵嗎！可惡！」

布羅茲帝國的隊長判斷突然出手的畢格等人是逃兵。

雖然他弄錯了，但就算弄錯，要採取的行動還是不會改變。不管是逃兵還是偽裝成布羅茲帝國成員的敵國士兵，對應都一樣。

「殺了他們！布羅茲不需要逃避戰爭的懦夫！」

布羅茲兵的動作很迅速。

「嗚啊啊！」

「可……可惡……！」

很快，畢格的兩個部下已經被砍倒。他們一瞬間就被逼上劣勢。

布羅茲帝國的士兵們的訓練非常精良。

雖然畢格他並不知道，但他們眼前的敵人其實是負責保護布羅茲皇帝的禁衛隊。

禁衛隊為什麼會離開皇帝身邊，來到森林內？

和短短一小時前發生的事件有關。

布羅茲皇帝親自巡視陣地，到處鼓舞士兵。

這時，森林裡突然出現魔物並襲擊布羅茲皇帝，讓皇帝手上受到一點小擦傷。雖然魔物立刻被打退，傷口也隨即獲得治療，但皇帝在士兵面前遭到襲擊的事實並不會因此消失。

感覺到士氣降低的布羅茲皇帝為了維持自己的威信，命令禁衛隊出動。

要求他們去取得凶惡魔物的皮，和魔物戰鬥，讓其負傷。

禁衛隊立刻行動，進入森林。

然而很不可思議的是他們並沒有碰上魔物，反而發現畢格等人。

「居……居然在這裡……」

畢格部下中劍術最為優秀的男子被布羅茲禁衛隊輕鬆斬殺。

「你們應該知道吧，我是禁衛隊長克萊因．帝諾魯塔斯！水聖克萊因！還以為能打贏我嗎！」

「可惡！」

「要是停止抵抗乖乖投降，可以饒了你們的一條小命！」

畢格滿心焦躁。當然不能投降，萬一被逮捕並受到調查，他們並不是布羅茲人的事情就會立刻被揭穿。

那樣一來，作戰也會失敗。

馬爾齊淵會滅亡。

雖然不知道布羅茲帝國與迪庫特王國交戰後會由哪一邊得到這塊土地，但畢格他們費盡千辛萬苦才建立的故鄉將會消失無蹤。

然而，他已經束手無策。

力量差距顯而易見，即使繼續抵抗，全滅也是必然的結果。

（馬爾齊淵，抱歉……）

畢格在心中對著一直並肩作戰至今的戰友表示歉意。

就在此時。

「吼啊啊啊啊啊！」

一隻巨大蜥蜴衝了過來。

那是鮮綠色的蜥蜴，體長恐怕有五公尺。

然而原本很雄偉的身軀上已經傷痕累累，到處都在流血。

就像是要介入畢格他們之間那般，口中冒出帶血氣泡的蜥蜴倒了下來。

一拍過後——

「嘎啊啊啊啊啊！」

另一隻野獸出現。

野獸發出驚人的怒吼，同時高高跳起，登上蜥蜴的頭部後，舉起手中的劍並狠狠刺下。

蜥蜴發出死前最後的慘叫聲，接著斷氣。

眾人沒有時間判斷到底發生了什麼事。

「什麼！」

因為野獸殺死蜥蜴後，並沒有停止行動。

從蜥蜴的腦袋上一躍而下的野獸瞬間砍倒兩名布羅茲禁衛隊。

「幹什麼！」

畢格有一瞬間認為眼前的野獸正是這森林的主人。

然而，野獸擁有和人類相似的外型。是擁有巧克力色皮膚，灰色頭髮，以及往上豎起的一對尖耳的獸族。

野獸手上拿著劍，那是一把單刃劍，薄薄劍身綻放出詭異的紅色光芒。能看出應該是一把有名的名劍。

「是誰！」

布羅茲禁衛隊長克萊因一邊往前一邊大叫。

「報上名來！」

「嘎嚕嚕嚕嚕！」

但是野獸並沒有回答。

只是對眼前的敵人……手上持劍的敵人做出反應。

「嘎啊啊啊！」

「嗚！快應戰！」

發出怒吼的同時，野獸揮劍斬向克萊因。

克萊因是水聖。水神流是化解所有攻擊，再使出必殺反擊的流派。

原本應該是這樣……

「居……居然是光之太刀……劍……劍神流嗎……」

接下野獸的劍之後，克萊因的劍斷成兩半。

而且就像是還沒有結束，克萊因的鎧甲也出現一直線的裂痕，然後衣服、皮膚、肌肉、骨頭全被斬斷……

最後，克萊因的上半身和下半身分開了。

即使目睹隊長的上半身重重落地，布羅茲禁衛隊也沒有退縮。

「可惡！」

「竟然敢殺死隊長！」

「要為隊長報仇！」

他們全都是水神或北神流的中級以上劍士。

實力絕對不差。

然而——

「嘎啊啊啊啊！」

每當野獸嘶吼，揮動手上紅色長劍後，就會有一個人，再一個人被砍成兩半。

野獸的動作快如閃光，吼聲有讓人萎縮的效果。沒有人能跟得上野獸。

眨眼之間，禁衛隊已經全滅。

「……」

畢格等人無法動彈。

他們不明白發生了什麼事。野獸從橫向出現，以壓倒性的強大摧殘禁衛隊。但是，為什麼？

為什麼要這樣做？

「嘎嚕嚕嚕嚕。」

野獸轉向他們。

眼裡已經完全找不到理智。

只帶著殺氣的雙眼望向畢格等人，讓恐懼心更加膨脹。

雖然野獸穿著暴露服裝，但就算會感到畏懼，也不會被勾起欲望。

沒錯，眼前的野獸是女性。有著雌性的外表。

注意到這一點時，畢格腦裡聯想到某件事。

是傳授他劍術的某劍聖提過的事。

那個劍聖是在劍之聖地修行過的正統劍神流劍士，堅決不肯說明為什麼後來會成為傭兵，但是卻常常聊起更久之前，也就是修行時代的往事。

有個粗暴，不聽人說話，像是瘋狗般的傢伙。

那傢伙追過那個劍聖成了劍王，雖然是個笨蛋，但是人還不壞。

只是，一旦陷入極限狀態就會失去理智，有時候還會不分敵我地全部攻擊，所以受到大家的厭惡。

在這段往事裡提到的劍王，和眼前的女子——

特徵一致。

「難道！」

畢格邊說，邊擺出向師傅學來的劍神流致敬動作。

跪下單膝把頭往前伸的這個姿勢，是在向對手表示降伏和尊敬。

「您是劍王基列奴．泰德路迪亞大人嗎？」

這句話剛說出口——

野獸就停止動作。

過了一會兒之後，基列奴恢復正常理智。

「我之前就聽說過您的事蹟，真沒想到能在這種地方見到您。」

「你有在這附近看到一頭紅髮，年約十二歲的少女嗎？或者是大概十歲，擅長魔術的少年也行。」

基列奴沒有理會畢格的發言。

只是以充血的雙眼瞪著畢格，淡淡發問。

「不，並沒有看到……」

畢格邊搖頭，邊回想剛剛聽到的情報。

十二歲左右的紅髮少女。

十歲左右的魔術師少年。

他活到現在，曾經看過好幾個那樣的奴隸。然而如果要限定在這附近，還是只能搖頭。

畢竟這裡是厄禁森林，是魔物出沒的地方。

為什麼會認為小孩子在這種地方？

「是嗎？那打擾了。」

基列奴這樣說完，接著打算離開。

然而她才走了幾步，就突然停下腳步，回過身子歪著頭發問。

「話說回來，這裡是哪裡？」

畢格也不解地歪了歪腦袋。

畢格告訴基列奴，這裡是在中央大陸南部中位於偏北區域的「紛爭地帶」，而且在紛爭地袋中也是位於北方的馬爾齊淵傭兵國的森林。

目前正在進行作戰行動，原本並沒有空說明。然而畢格等人剛剛才靠基列奴出手撿回一條命，再加上擔心「萬一惹怒她下一個就會輪到自己等人」的危機管理能力也發揮了作用。

「怎麼可能。」

基列奴並不相信。

因為她不明白自己來到這種地方的理由。

畢格試著詢問詳細情況。

原來基列奴原本是在阿斯拉王國的菲托亞領地擔任某少女的護衛，當時遭受敵襲，還沒弄清楚狀況就已經被光芒吞沒，等她回神時才發現自己在這森林裡。後來在和魔物戰鬥的過程中陷入興奮狀態，最後就化為把為敵人全部殺光的狂戰士。
「不管怎麼樣，這裡的確是紛爭地帶的馬爾齊淵傭兵國。保證沒有錯。」
「……這樣啊。」
基列奴開始思考。
畢格並不清楚基列奴在想什麼。
她想了整整五秒後，才抬頭望向天空。
「那麼，要回阿斯拉得往南走吧。」
觀察過太陽的位置後，基列奴直直朝著南方走去。
那和畢格他們要前進的方向一致。
「請等一下，那邊有敵國的陣地。」
「那又怎麼樣？」
「居然這樣說……您打算怎麼做？」
「只要有人擋在我前方，不管是誰都一律砍倒。」
基列奴的眼裡不帶任何情感，甚至讓人忍不住懷疑她是否還保有理智。
畢格完全講不出話。
到底是什麼推動她做到這種地步？
「如果魯迪烏斯有和艾莉絲大小姐在一起那還算好，但也有可能和我一樣被各自傳送到不

同的地方。我得快一點行動……」

聽到這句話，畢格終於理解。

（和現在的我一樣嗎？）

對於劍王來說，剛剛提到的那兩名小孩，尤其是紅髮少女應該是比什麼都重要的人吧。

她是為了守護自己的寶物才如此拚命。

「那麼，先暫時一起行動吧。因為我們也有事要前往那邊。」

「也好。」

畢格自然而然地產生自豪感。

即使目的不同，但那位劍王也有想守護的事物，自己還能和對方並肩一起戰鬥。

於是，畢格等人和基列奴通過森林，從迪庫特王國背後發動奇襲。

他們運氣很好。

那時迪庫特王國隨時會和馬爾齊淵開戰，因此所有將兵的注意力都集中在前方。

布羅茲皇帝對禁衛隊沒回來的狀況產生了疑心。他懷疑或許是迪庫特王國的伏兵正虎視眈眈地盯著自方，而禁衛隊就是因為發現伏兵才會被殺。

仔細一看，迪庫特王的大本營離森林很近，該不會是因為把兵力藏在森林裡才那樣做吧。

一旦起疑，就越來越難以克制疑心。

實際上，只是因為迪庫特王是個膽小鬼，所以選擇了一個不會受到布羅茲帝國奇襲的位置，正好背對森林——

這些狀況累積下來的結果。

讓畢格他們的奇襲成功。

對迪庫特王國陣地發動奇襲時，基列奴發出嘶吼，畢格也邊吼叫邊衝進敵方的陣地，卻發現迪庫特王的帳篷就在前方。

看到畢格等人從森林中衝出，迪庫特王極為驚訝。再加上那身服裝，讓他認為是布羅茲帝國從森林中發動奇襲。迪庫特王立刻叫來親信，命令自軍對布羅茲帝國發動攻擊，自己也開始退離。

就在短短十秒後——

迪庫特王死在基列奴的劍下。

如果迪庫特王還保住一條命，或許會看穿畢格等人並不是布羅茲帝國的手下，並撤回命令……然而國王的命令具備絕對效力，因此迪庫特王國的兵力大舉湧向布羅茲帝國。

雖然和預測的時機不同，但布羅茲帝國也已經料想到遲早必須和迪庫特王國一決雌雄，因此展開反擊。

這時馬爾齊淵傭兵國也掀起兵端。

於是形成了三方相抗的混戰。

雖然遭到敵人包圍，但畢格還活著。

他的工作原本是要以屍體讓迪庫特王國誤以為是布羅茲帝國發動奇襲，但畢格卻抓住了生存的機會。

已經和部下走散，周圍能看到的同伴只剩下一個人。

就在他的眼前。

畢格跟在那巧克力色的背影以及背影施展出的紅色劍光後面，不斷地砍倒一個又一個敵人。他從來不曾見過如此可靠的背影。而且也認為自己能夠保護這個背影是一件非常光榮的事情。

過了一陣子之後，周圍已經看不到迪庫特王國的鎧甲，全都是布羅茲帝國的士兵。

拿著紅色長劍的陌生女人闖進戰場的狀況雖然讓布羅茲帝國感到訝異，但看到她把迪庫特王國士兵一一砍倒，加上負責保護後方的是身穿布羅茲帝國鎧甲的畢格，因此誤以為是援軍。

這時，馬爾齊淵傭兵國的士兵也衝了過來。在後方鬧起內鬨的同盟國一時動搖，說互相合作，甚至連陣形都無法維持，被人數上應該處於劣勢的馬爾齊淵傭兵國突破了前線。

一片混戰。

畢格在激烈的戰況中和基列奴走散了。

然而過了一段時間後，他和友軍會合。

馬爾齊淵傭兵一看到畢格的臉就發出歡呼，紛紛守在他的周圍。

畢格並沒有退往後方，而是留在前線繼續戰鬥。

戰爭持續，畢格全身都是泥巴和鮮血，根本搞不清楚哪裡有什麼。

他左眼中了一箭，正一臉苦悶地想要確認射手時，他看到了。

畢格目睹到那一幕。

在一面特別巨大的旗幟下。

有一個身穿豪華布羅茲鎧甲，蓄著黑色鬍鬚的男子。

在巧克力膚色的女人使出的紅色劍光之下，這個黑鬍男……布羅茲皇帝的腦袋被砍掉的那瞬間。

「哈……哈……哈哈哈哈哈！」

畢格大笑，他邊笑邊繼續戰鬥——

最後，他在這場戰爭中活了下來。

決戰由馬爾齊淵傭兵國獲得勝利。

★
★
★

因為這份功績，畢格．馬塞納魯獲得將軍的地位。

他被視為成功執行決死作戰，甚至還取下迪庫特王首級的英雄。

畢格．馬塞納魯後來也表現出引人注目的活躍，並被尊稱為馬爾齊淵傭兵國數一數二的大將軍，但那是另一段故事。

而這樣的大將軍畢格在那場決戰後，開始會做出一些不可思議的行動。

他在脖子上掛著刻有野獸側臉的浮雕墜子，把自己佩劍的劍身塗成紅色。

「這是一種咒術。」

先是他的部下模仿這種咒術，之後聽部下提起這件事的人也跟著模仿，然後逐漸擴散，最後演變成現在這種形式。

有人問他這是什麼咒術，畢格如此回答：

「因為在那場決戰中獲得了女神的幫助，我是在仿效她。」

根據他的咒術和發言，人們創造出森之女神列奴。

女神的名字是基列奴。

但是「基列奴」在中央大陸南部是個有點難發音的名字。
之後發音越來越不準，最後就被稱為列奴。
從森林中現身，拯救大將軍的救國神「森之女神列奴」。
之後又過了一百年，森之女神列奴被視為馬爾齊淵的守護神並受到崇拜，也逐漸成為每一位士兵心中的支柱。
當然，基列奴本人從來不曾知曉這個稱呼。

在那之後，基列奴去了哪裡？
還活著嗎？
有在戰爭中存活下來，成功回到阿斯拉王國嗎？
有沒有順利見到她重視的大小姐……
畢格・馬塞納魯無從得知。

艾莉絲
訓練服

頭髮綁
禮服②
禮服①
人物設定草案
艾莉絲

爆肝工程師的
異世界狂想曲
1
愛七ひろ
Illustration:shri
Kadokawa Fantastic Novels

Kadokawa Light Novels

魔法工學師 1~2 待續

Kadokawa Fantastic Novels

作者：秋ぎつね　插畫：ミユキルリア

網路點閱數達到4,000萬人次!!
爲了幫助新手魔法工作士，魔法道具逐一誕生！

　二堂仁是世上唯一的魔法工學師。他的新冒險之地是埃吉利亞王國經濟中心的都市布魯蘭德。故事是自他對少女魔法工作士碧娜的商品挑毛病而展開。舞臺轉移到都市，在路邊攤販售價格親民的魔導具給一般百姓！令人期待已久的經商劇情登場！

各 NT$190~200/HK$58~68

台灣角川

Kadokawa Light Novels

武藝精研百餘年，轉世成精靈重拾武者修行 1 待續

Kadokawa Fantastic Novels

作者：赤石赫々　插畫：bun150

精靈少年全心全意精研武藝，目標登上武藝顛峰！

武術家斯拉瓦活了百餘年，辭世前始終未能以最強名號稱霸天下。然而他的習武之道並未就此中斷，因為他轉世成了「精靈」！重新投胎後他的目標仍只有登上「武藝的顛峰」！進入學院就讀後愛情開始萌芽，卻讓斯拉瓦的武者修煉之道開始出現波瀾——!?

NT$220/HK$68

台灣角川

Kadokawa Light Novels

©2013 Ninj @ Entertainment

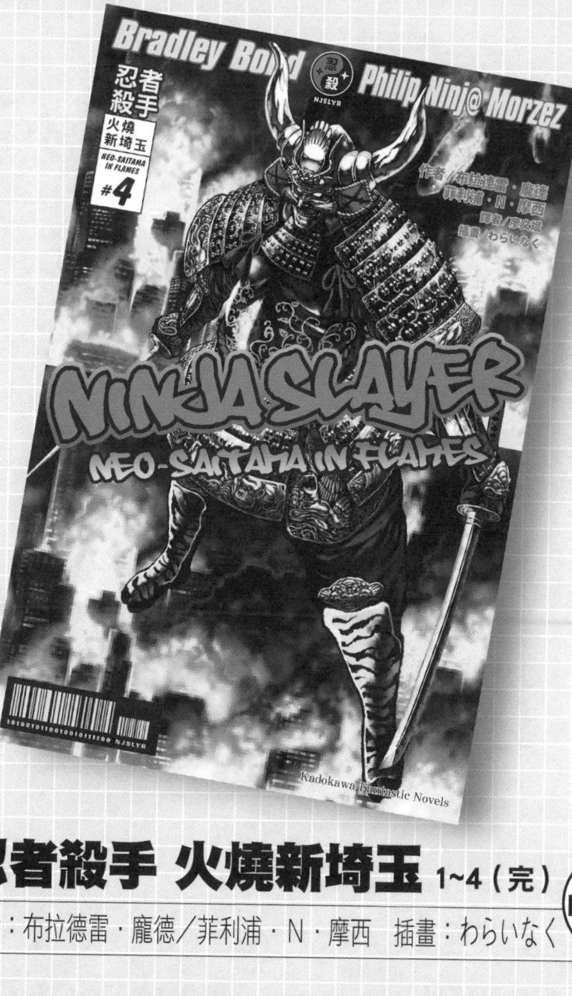

忍者殺手 火燒新埼玉 1~4（完）

Kadokawa Fantastic Novels

作者：布拉德雷・龐德／菲利浦・N・摩西　插畫：わらいなく

忍者殺手VS.總會集團的戰爭，在此劃下句點！
在twitter上掀起熱潮的翻譯連載小說，第一部完結！

妻兒慘遭殺害的忍者殺手，全心全意投入了復仇之戰。跨越了無數的困境，現在那可憎的仇人——老元・寬就在眼前！這場有你沒我、壯烈至極的戰鬥，究竟鹿死誰手!?奔跑吧！忍者殺手！動手吧！忍者殺手！咕哇——！爆裂四散！再會啦！

各 **NT$260~350/HK$75~105**

臺灣角川

國家圖書館出版品預行編目資料

無職轉生：到了異世界就拿出真本事 / 理不尽な孫の手作；羅尉揚譯. -- 初版. -- 臺北市：臺灣角川, 2015.02-
冊；　公分
譯自：無職転生：異世界行ったら本気だす
ISBN 978-986-366-374-4(第1冊：平裝)
ISBN 978-986-366-544-1(第2冊：平裝)

861.57　　　　103027594

Kadokawa
Fantastic
Novels

無職轉生～到了異世界就拿出真本事～ 2

(原著名：無職転生～異世界行ったら本気だす～ 2)

2015年8月6日　初版第1刷發行
2024年4月2日　初版第11刷發行

作　者：理不尽な孫の手
插　畫：シロタカ
譯　者：羅尉揚

發行人：台灣角川股份有限公司
總　監：呂慧君
總編輯：朱哲成
設計指導：陳晞叡
印　務：李明修(主任)、張加恩(主任)、張凱棋

發行所：台灣角川股份有限公司
地　址：104台北市中山區松江路223號3樓
電　話：(02)2515-3000
傳　真：(02)2515-0033
網　址：www.kadokawa.com.tw
劃撥帳戶：台灣角川股份有限公司
劃撥帳號：19487412
法律顧問：有澤法律事務所
製　版：巨茂科技印刷有限公司
ISBN：978-986-366-544-1